文明の子

目次

光と風

この宇宙のどこかには、地球とは違う進化の仕方をした星がある。

ここに、鳥が文明を築いた世界があった。

鳥達は、翼と、言葉と、頭脳を持ち、文明を発展させた……。


鳥の少年ピピと、おじいちゃんは、いつものように、丘の上に座り、空を見上げていた。

その丘は、夜空の星を見つめるのに丁度良い丘だった。

ピピとおじいちゃんは、太陽が沈み、少しして星が見える時間になるとその丘の上に飛んできて、翼を休め、座って、星を眺めるのが日課だった。

無数にある星の中で、一番強く輝く星が、おじいちゃんの大好きな星だった。

その星は、人々から〝イシ〟という名で呼ばれていた……。

二人は、もう何時間も、黙ったままイシを見つめていた。

ピピは時々、退屈に感じることもあったが、おじいちゃんのことが大好きだったのと、その時間がおじいちゃんの一日のうちで、一番大切な時間であることを知っていたので、自分から帰ろうと言ったことは一度もなかった。

しかし、今日はおじいちゃんに一つ聞いてみたいことがあった。

昼間、学校で星についての授業があって、そこで、ある疑問が生じたのだ。

ピピは、自分の横で、懐《なつ》かしそうに星を見つめるおじいちゃんにむかって、そっと聞いてみた。

「……ねえ、おじいちゃん。おじいちゃんが好きなあの星は、実はもう無いかも知れないんでしょう？」

おじいちゃんは答える。

「ふふ。無いなんてことはない。こうして私達は、この目で見てるじゃないか」

するとピピは、「でも、今日学校でそう習ったんだ。僕達の見ている星の光は、何億年も前の光で、その星はもしかしたら、もう今は、存在しないかもしれないんだって」

「それは少し違うな。今、こうして私達に見えているものは、永遠に存在し続けるんだ」

ピピは、少しじれったそうに、こう言った。

「そうじゃないんだって。僕達が見ているのはその星の光なんだ。あの光は、もう何億年も前に放たれた星の光で、既に過去の光なんだって。だから、あの光が見えてるということは、あの星が、あそこにあった証拠にはなるかもしれないけど、今、あの星があるかどうかは、本当は、わからないんだって。もしかしたら、星自体は、もう今は無いかも知れないんだって。……先生が、そう言ってた」

するとおじいちゃんは、少し考えてこう言った。

「……ふん。確かにそうかもしれない。しかし私達が見ているあの光は、何億年もかかってここまで届いている。ということは、あの光はとても強い光だ。だとすれば、きっとあの光はこの先何億年も進み続けるんじゃないかな。きっと……永遠に。どうだ。そうは思わないか？」

「……そうなのかな」

ピピは、腑《ふ》に落ちなかった。

「……でも、星が無くなったんなら、きっとそのうち光も、消えてしまうでしょ」

「そんなことはない。いつか、私達のいるこの場所からは見えなくなったとしても、光は私達の場所を通り過ぎて、ずっとその先へ進んでいくんじゃないかな。あの光が、何億年もかかってここへ来たのならば、私達が死んだあとも、きっと進み続ける。そして、いつか、ここから、何億光年も先にある星にいる者達の所まで届くだろう。そして、きっと私達と同じように、ここから何億光年も離れた星に住む者達が、あの光を見ることになる。きっとな。強い光はずっと進み続けるんだ」

「そうかなぁ。……光はどこまで行くの？」

「ずっと先までさ。星自体は消えてしまっても、その星が放った光は永遠だ。星そのものよりもずっと長く存在し続けるのさ」

ピピはまだ首をかしげていた。

すると、おじいちゃんは言った。

「あの星が、なぜイシと言うか。その理由をお前に話したかな？」

「え？……なぜイシと言うか？」

おじいちゃんは頷《うなず》いて、話し始めた。

「あの星のイシという名は、大昔に我々の文明を築いた者の名前から付けられたんだ」

「僕達の文明を築いた者？」

「そうだ。イシは、翼の無い鳥だった」

少年は、驚いて言った。

「翼の無い鳥？　翼が無いんじゃ鳥とは言えないよ」

そう言うとピピは、自分の白い翼を大きく広げてみせた。

おじいちゃんはその少年の美しい翼を見つめて微笑《ほほえ》んだ。

「そう、思うか？」

「もちろん！」

おじいちゃんは、話を続けた。

「その頃、イシを見た者達も、みんなそう言った。イシは皆にそう言われて、育った。『お前は、鳥ではない』『翼がなければ鳥ではない』『空を飛べなければ鳥ではない』と……」

ピピは、おじいちゃんに、そう繰り返されると、なんだかイシに悪い気がして、思わず星を見つめた。

イシはいつもと変わらず、強い光で輝いていた。

おじいちゃんは続けた。

「しかし、イシは、自分にそう言った者達にこう言い返したという。『お前達の翼は、風を受けなければ飛べない。じゃあ、もし、この世界に、もう二度と風が吹かなかったらどうするんだ？』と……」

「……」

「『もしそうなったら、お前達も鳥じゃなくなるのか？』と」

ピピは、黙り込んだ。

おじいちゃんは言った。

「ちょうど、今のお前と同じように、そう聞かれた者達も黙り込んだ。すると、イシは言った。『僕なら、自分で風を起こす』と」

ピピは黙ったまま、自分の翼を見つめてみた。

おじいちゃんは続けた。

「『どうやって風を起こすのだ？』と、皆が聞いた。すると、イシはこう答えた。『僕は歩く』と」

ピピは不思議そうな顔をした。

「『歩けば風が翼に当たるだろ。僕の体にも風が当たるよ』と、イシは言った。すると、それを聞いた皆は、笑って『それは風ではない。止まった空気がお前に当たってるだけのことだ。動いているのはお前の方だ』と言った。するとイシも笑ってこう言った。『お前達が風と呼んでいるものだって、この大地が動き続けている証拠じゃないか』と」

ピピはおじいちゃんに聞いた。

「そうなの？」

「……さあな」

そう言うとおじいちゃんは笑った。

「私にもよくわからない。しかしその後イシは、本当に止まることなく歩き続けた。先へ、先へと、思考し続けて、この文明を築いたんだ。イシは、翼は無かったが、この星の誰よりも高く飛んだのは事実だ」

ピピは、黙ってその星の光を見つめた。

イシは、強く光り輝いていた。

おじいちゃんも星を見つめていた。そして言った。

「……どう思う、ピピ？　私達は今もこうして、もう何百年も前に死んだイシの話をしている。不思議じゃないか。きっとお前も、お前の子に、そしてその子が、お前の孫に、今のこの話を聞かせるだろう……」

ピピは、星空を見つめ、遠い未来を想像してみた。

確かに、そうだろう。

「翼のない鳥だったイシの存在は、イシが死んだあとも、ずっとこの文明が続く限り、忘れられることはないだろう……」

ピピは、ただジッとイシを見つめていた。

おじいちゃんは言った。

「強く放たれた光は、永遠に進み続けるのさ」

栄光の夜

ドザッ！

という音とともに、太ったその女は、場末のバーの裏で尻餅《しりもち》をついた。

「痛たたっ……もうちょっと、丁寧に運べないもんかね。あたしはもうお婆《ばあ》ちゃんなんだからさ！」

女は悪態をついて、傍らの天使を睨《にら》み付けるように見上げた。

「申し訳ありません。……ただ、あなたがあまり暴れるものですから……」

「当たり前じゃないか！　誰だって、急に自分の体が空中に浮きゃ、暴れるよ！　こっちはあんたみたいに背中に翼が生えてるわけじゃないんだから！」

「……は、はい、その通りですが……」

そう言うと天使は女の手を取り、立つのを手伝おうとした。

「触るんじゃないよ！　こう見えてもあたしは、まだ若いんだ！」

女は天使の手を振り払った。

さっきとはまるで逆のことを言う女に天使はいささか狼狽《ろうばい》しながら、慌《あわ》てて手を引っ込めた。

（弱ったな。こういうのが一番やっかいなんだ）

女は立ち上がると、周りをしげしげと見回し、バーの裏口をジッと見つめ、呟《つぶや》いた。

「……懐《なつ》かしいね。まるで、あの日のままだ……」

（そりゃそうですよ。まさにあの日に帰ってきたんだから……）

天使は内心思ったが、それは口にしないでいた。

また余計なことを言うと、今度は怒鳴られるだけじゃすまなそうだ。

◯

女の名は、カラー・シモーヌ。

その生涯を通じて、悲しくて、それでいてどこか滑稽《こっけい》な失恋の歌を歌い続けたジャズ歌手だった。

全盛期には、世界中のファンが、彼女の寂しくて、可笑《おか》しいような歌声に酔いしれた。しかし、今は年老いて、ステージに立つこともなくなり、たった一人、アパートの部屋で暮らしていた。

その彼女にも、いよいよ人生の終わりが近づいていた。

ある時、彼女のもとに天使が現れて、こう言った。

「どこでもあなたの人生の好きな時間に、一度だけ戻してあげましょう」

「何だって？」

天使は目を丸くするカラーに、神の創《つく》ったこの世界のシステムを説明した。

それはこういうものだった。

人間は誰でも、その人生の終わりに、時間と空間を超越して、自分が一番戻りたい時に戻ることが出来る。そしてそこにいる過去の自分の姿を見ることが出来る。

それが一体これから死にゆく人間にとってどんな意味があるのか。天使自身にも解《わか》らなかったが、とにかく神がそう決めたのだった。

天使は言った。

「……まあ、これは、一所懸命に生きてきた人間達への、神からの、最後の、ちょっとしたサービスのようなものです」

カラーは不満げに呟いた。

「ふん。神だか何だか知らないが、ずいぶん上からものを言うじゃないか」

「い、いえ、まあ、その、上からと言いますか……はい、確かに上からなんですが……」

「で、お前がその子分の鳥ってわけかい？」

「鳥?……いえ、私は、使者。天使でございます」

天使は自分の背中の白い翼を優雅に振ってみせた。

カラーは見向きもせずに言った。

「まあ、何でも良いけど、お前の親分に伝えといてくれよ。あたしはアンタのおかげで、ヒドイ目にあったと」

「……は、はぁ……」

カラーという名が皮肉にも思えるような、黒い肌の彼女は嫌なことを思い出したように呟いた。

「神？　まさか本当にいたとは驚きだよ！　あたしは今までアンタにどれほど話しかけたことか……あたしが若くて、ひとりぼっちで、心細くて、死んじゃいそうだった時、何度上を向いてアンタを呼んだことか！　いるんだかいないんだかわからないアンタを！」

カラーは天井を向いて叫んだ。

「アンタはちっとも助けてくれたことなんてなかったじゃないか！　何が神だ！　名前だけ

のオカマ野郎！　あたしは、アンタに何の感謝もしてないよ！」

カラーはその鋭い大きな目で、天使を睨みつけると、

「……そう伝えといておくれ」

と微笑《ほほえ》んだ。

「……は、はい……確かに、そう伝えます……」

天使は言うと、そっと翼をつぼめた。

この仕事を長くやっている天使には、神の評判が意外と良くないことは、身に染《し》みてわかっていた。

こういう時は、何も言わないでいた方が良い……。

「ふーん。……戻りたい場所ねぇ……」

カラーは、ジッと考えた。

戻りたい場所。戻りたい時間。

それは確かに存在した。

40年前のあの日。彼女が生涯をかけた恋愛を終わらせたあの日のあの場所……。

○

……そこは、カラーが30歳、まだかけ出しの歌手だった頃に、歌っていた小さなバーだった。

あの日カラーは、あの店のテーブルで、男に別れを告げられた。

カラーにとってはたった一人の男だった。

ろくでもない人生を送ってきた自分が、この男の前でだけは、優しく愛すべき人間になれた気がした。

幼い頃から臆病《おくびょう》でひねくれた自分が嫌いだったが、この男の側《そば》にいる自分は愛《いと》おしくて、誇れるような気持ちになった。

しかしその夜、男は、自分にはカラーよりも大切な女の存在があると告げたのだった。

男は泣きながらカラーに謝り、自分を殴るなり、殺すなりしてくれと言った。お前を裏切った自分は、お前にどうされても構わないと。しかしもうお前と一緒にいることは出来ないと。

カラーは男のその言葉が空《むな》しかった。

自分がどれほどこの男の人生を大切に思っているかを、この男は知らない。

殴る？

殺す？

どうして自分にそんなことが出来るだろうか？

自分にそれが出来るはずがないことを何故《なぜ》、この男は知らないんだろうか？

自分がどれほどこの男の幸福を願っているかを、この男は知らない。

カラーは言った。

「……あんたを殴ったところで何の得にもなりゃしない。自惚《うぬぼ》れないでよ。ちょうど良い。こっちも飽き飽きしてたところさ。とっとと失《う》せなよ！」

男は、ジッとカラーを見つめると、何かを言いかけたが、口をつぐみ、店を出て行った。

以来、カラーはあの日を忘れたことはない。あの時、なぜ素直に自分の側にいてくれと懇願しなかったのか。なぜ、すがりついて引き留めなかったのか。

そのことばかりを考えて眠れない夜を過ごした。

何年も何年もその思いは消えなかった。

カラーは、生涯独りで、滑稽な歌を歌いつづけた。その歌は多くの人を勇気づけたが、自分自身の心は一向に満たされなかった……。

○

「あの日に連れてってもらおうかな」

遠い目をして、カラーは言った。

カラーの頭の中に入り込み、思い出を一緒に覗《のぞ》いていた天使は、少し不安を感じて言った。

「……あの……カラーさん。一つ前もって言っておきますが、過去の自分に干渉することは出来ません。どんなに後悔していることがあっても、かつての自分の行動を覆《くつがえ》すことは禁じられていますので、どうか、そのつもりで……」

「……」

黙って何か企《たくら》んでいるようなカラーの表情を見て、天使はますます不安になった。

「……あの、カラーさん……」

「わかったよ！　過去の自分の行動はやり直せないって言うんだろ！　でも……」

カラーはニヤリと笑った。

「相手の男をぶん殴るぐらいはしてもいいんだろ？」

天使は大慌てで否定した。

「冗談じゃありません！　そんなことしたら、この世界がメチャクチャになっちゃいます!!」

「はっ！　何言ってんだい。とっくにこの世界はメチャクチャじゃないか。お前達がこれ以上どうメチャクチャにするのか、見てみたいよ、この悪魔！」

「……あ、悪魔？」

天使は生まれて初めて呼ばれたその呼び方に、かなり動揺した……。

○

今、あの懐かしい店の裏に降り立ったカラーは、あの日の思いが蘇《よみがえ》り、胸に突き刺さるような痛みを感じていた。

「……そう。懐かしいねぇ。この店……」

店に入ろうとするカラーの肩を思わず天使がつかんだ。

「なんだい！」

と凄《すご》むカラーに天使は言った。

「あの……カラーさん。余計なお世話かもしれませんが、もしあの日をやり直そうとしてるなら……つまり、彼を殴るとか、あるいは、引き留めようというのなら……それはやめた方が……」

「……」

「無理矢理に人生を変えようとしても、きっと彼は……なんというか……そんなことをすれば……かえってあなたが傷付くだけです」

「うるさいね！　好きな時間に戻してくれるって言ったのは、お前だろ。そこで何をしようがあたしの勝手じゃないか。あたしの人生はあたしが決めるんだ……あたしは、ずっとあたし自身の選択で生きてきた。神でも悪魔でもなく、あたし自身の選択だ。誰の指図も受けないよ」

「いや、しかし！」

「あたしに触るんじゃないよ！　このニワトリが！」

「ニ、ニワトリ！」

カラーは天使を突き飛ばし、店に入った。

見ると男はすでに去ったあとだった。

テーブルには一人の女がつっぷして、痛々しいまでに自分を責めて泣いていた。

カラーはその女を見つめた。

そこにいるのは、あの頃の、女盛りの、打ちひしがれた愛しい自分だった。

後から慌てて店に入ってきた天使はカラーの隣に立ち、ホッと溜《た》め息をついて言った。

「……残念ながら少し遅かったようですね。……でもこれで良かったんだ」

カラーは、その天使の言葉を鼻で笑うと、「遅くないさ。丁度良い」と呟き、ふと、店の奥にある小さなピアノを見つめた。

「あたしのピアノ……」

それはまさにカラーが若い頃毎晩弾いていたアップライトピアノだった。

少し調律が狂ったままのピアノ。その調子っぱずれの音階で、カラー独特の可笑しみのある悲しい歌が何曲も生まれた。

ピアノの前の丸い椅子《いす》は、まさにカラーの特等席だった。

カラーはゆっくりとピアノまで歩いていき、座り慣れた椅子に座った。

撫《な》でるようにして、鍵盤《けんばん》に触れると、目をつぶり鍵盤を押した。独特の和音が鳴ると、カラーはそっと歌い出した。

その歌は、あの日から数年後、男が幸福に暮らしているという噂《うわさ》を、誰からともなく聞いたカラーが作った、彼女の代表曲だった。

〝あたしは　あの晩　あたしの一番大事なものを守った
あたしはあの晩　怪物にならなかった
それがあたしの誇り
あの晩のあたしが　あたしの栄光
誰に恥じることもない　あたしの栄光〟

その声は、なんとも寂しく、滑稽な、あの声だった。

テーブルで打ちひしがれていた女は、いつしか泣きやみ、やがて歌声に癒《いや》されるように、眠っていた。

天使はカラーを見つめた。

カラーは、笑って言った。

「あの日のあたしは、本当によく頑張ったからね。これはあたしから、可愛《かわい》いあたしへのご褒美《ほうび》さ……」

生か？　死か？

23世紀初頭。人類は、相変わらず200年前と同じ問題で行き詰まっていた。つまり、人類は、行き詰まったままこの200年を過ごした。

新たなエネルギーは新たな環境問題を生んだ。バイオテクノロジーの発展は怪物を生み、凶暴な植物が毒性を持った粉をまき散らし、人類の敵となった。世界は統一されたが、人に殺される人の数は、トータルで戦争の時代の数を上回っていた。環境に優しい兵器が開発され、世界警察は心おきなく反乱分子を殺せるようになり、その度にテロリストは細胞分裂のように、世界中に散らばった。医学革命は不治の病を無くしたが、その結果、世界の死亡原因の一位は自殺となった。人類は生態系をコントロール出来たが、どうコントロールすれば良いのかはわからず、いつでも、何かの種が絶滅の危機に瀕《ひん》していた。そして生物の進化はいよいよ行き詰まった。

今、世界連邦ビルの230階、つまり最上階の会議室では、人類の未来を決定する重要な会議がおこなわれていた。会議のテーマは……生か、死か。

長い沈黙を破って、全人類世界民主連邦総統という大げさな肩書きの男が話し始めた。

「かつてのデンマーク王子の悩みが6世紀を経て今、我々全人類共通の悩みとなるとは、シェイクスピアという劇作家の偉大さを今更ながら感じざるを得ないのであります……」

何が言いたいのか、だからどうだというのか、意味のわからないこの総統の言葉に、集まった世界の首脳達は、再び黙り込んだ。

自殺の増大は老人だけに留まらなかった。世界中全世代に自殺者が増えた。科学文明をいくら進めても、人類の存在意義はわからないままだった。いや、むしろますます不明になったと言って良い。人類は相変わらず環境を破壊しつづけた。どう考えてもこの地球にとって、人類の存在だけが邪魔のように人々には思えた。

人類の存在は、果たして善なのか？　有史以来誰もが、疑う余地もなかった、生が善で、死が悪という概念を、とうとう人々は疑いだした……。

そんな頃、天才宇宙物理学者・天馬《てんま》新一博士は世紀の大発明とも言えるマシーンの制作にとりかかった。

そのマシーンの名は、ヴェガ。

ヴェガは、まさに神のように人類の願いを叶《かな》えるというマシーンだった。

かつて念と呼ばれていたもの。人間の強い思い。祈り。気とも言われた、目には見えない何かが、実は光と同じ電磁波であるということが発見されたのはもう何年も前のことであった。その発見をしたのが何を隠そう天馬博士であった。それはレントゲン博士がX線を発見したように発見された。暗い研究室の中、博士は目の前の光の点を信じられない思いで見つめていた。それは明らかに自分自身の額から発せられた放射線であったのだ。しかもその電磁波の振る舞いは自らの意思を持った振る舞いであるように見えた。人間の意思や想念が実体を持った原子未満の粒子であったということの発見は世界中に衝撃を与えた。それは今まで世界で起きてきた奇跡と呼ばれる現象を物理的に解明するヒントに繫《つな》がる可能性を示していたからだ。人々が神に祈りを捧《ささ》げた時、あるいは星に願いをかけた時、その体から電磁波が発せられ、それが意思をもって自然界に何らかの作用をもたらしている可能性があるということは、奇跡を論理的に説明出来る可能性があるということだった。それはあるいは、神と呼ばれるものの正体を暴《あば》く可能性ですらあった。

その電磁波はゼータ線と名付けられた。

天馬博士のヴェガは、自然界に存在するあらゆる原子の核にこのゼータ粒子を光速に近いスピードで衝突させ、核合成するためのマシーンだった。その結果何が起こるのか、確実なことはわからなかったが、博士の理論で言えば、人間が望むものが合成されるはずだった。それは全く新たな元素か、鉱物か。それとも生命体か、あるいは空間か。とにかく人間が望む何かが。

七夕の短冊《たんざく》のように、願い事を一つだけ紙に書いてこのヴェガに入れれば、短冊の文字に照射されたゼータ粒子がマシーンの中を散って原子と融合し、必ずそれが叶う。それは今までの物理的な概念を超越した、まさに夢のような装置だった。

ただしこの装置を使うのは、人類にとってある種の賭《か》けであった。人類の望みを物理化するということは、そのままこの宇宙誕生の目的を達成することに他ならない。核合成がなされた瞬間、この世界は目的を失い時間が止まる可能性すらある。あるいは、新たな別の目的を持った宇宙の誕生となるかもしれない。いずれにせよ、今まで人類が馴染《なじ》んできた全《すべ》ての概念は終結するであろう。そこから始まる世界は全く新たな価値観と力学のもとに存在する世界であろう、と博士は予測した。そこから先は、今まで以上に未知の世界だ。行き詰まった人々はそれでもヴェガに賭けてみようと思った。

ヴェガの完成を間近にして、全人類世界民主連邦は『世界人類投票』を行うことにした。全人類の望みを一つだけ募りこのヴェガで叶える。それが藁《わら》にもすがる思いの人類の、最後の自ら望んだ選択だった。

その投票のテーマはまさに、『生か？　死か？』。

全世界で、全人類が、その二者択一をして、その結果をヴェガに託す。もし結果が『生』ならば、苦しくても行き詰まっていても、人類の営みをこのまま続けるが、もしそれが『死』ならば、潔《いさぎよ》く絶滅する。いかなる方法でそれがなされるか、それは、まさに神のみぞ知るではあるが、その手段はすべてヴェガに託す。人類はもはや、そこまでなげやりになっていた。

そしてもうすぐその集計が終わろうとしている。人々は今、自らが下した人類の行く末の結果が出るのを固唾《かたず》を呑《の》んでジッと待っているのだった。

世界連邦ビル最上階の会議室には、各地域の首脳達が集まり、沈痛な面持ちで下を向いていた。誰一人として口を開く者はいなかった。全人類世界民主連邦総統は、次に自分が言うべき気の利《き》いたセリフを探そうとして、さっきから一向に見つけられずにいた。

会議室にいる誰もかれもが全人類の今後を決める集計結果が出るまでの時間をどう埋めればいいのかわからないでいた。

○

都市から遠く離れた山奥。深い森の中に天馬博士の研究所はあった。人類の望みを一身に背負った原子核合成マシーン、ヴェガはようやく完成した。

天才宇宙物理学者・天馬新一博士はヴェガを見上げ感慨にふけっていた。

やるべきことは全てやった。そして来《き》るべき時は来た。あとは人類が選んだ結論を短冊に書いてヴェガに入れるだけだった。

世界人類投票の結果は、集計が終わり次第、全人類世界民主連邦総統自身から天馬博士に知らせが入ることになっていた。

生か、死か。究極の二択。人類の、いや、宇宙の未来は全てこのヴェガにかかっていた。結論が死ならばヴェガは人類をこの惑星から消し去る物質を生成するだろう。細菌か、遺伝子を破壊する電磁波か。あるいは核爆発かもしれない。いずれにしろ人類はすみやかにこの大地から退場することになる。しかしもし結論が生なら、ヴェガは一体何を創《つく》り出すのだろう？　天馬博士には予測できなかった。不老不死の新薬か？　無限のエネルギーか？　あるいは新たな知的生命体がマシーンの中で誕生するのかもしれない。その新たな頭脳が人類を救うのかも知れない。いや、救うとは限らない。生が幸福であると決まっているわけではない。むしろその逆である可能性の方が高い。この行き詰まった状態の世界で、人類がこの先も存続していかなければならないとすれば、それは苦しみ以外の何ものでもないかもしれない。たとえそうだとしても、短冊に『生』と書けば、ヴェガは人類を生かすための元素を創り出すだろう。その先の未来が地獄のような未来だとしても。

そう考えると天馬博士は自分の発明が大それた恐ろしいものに思えて今更ながら冷や汗をかいた。物理学者としての自分はこの仕事で全う出来たはずだが、一人類としての自分はどうか。地球市民としての自分は全う出来たのであろうか。はたして人類はどっちの決断を下すのだろう。

研究所の高い窓から見える空は快晴。ヴェガの白い機体は山の木々が陽射《ひざ》しを反射して緑色に光っていた。

窓の下、パイプ椅子《いす》に一人の少年が座って絵本を読んでいた。

少年の名はワタル。天馬博士の孫だ。

博士はワタルをジッと見つめて思った。ヴェガはこの子の未来に何を差し出すだろうか。生か、それとも……。

「ワタル」

「……ん？」

ワタルは絵本から目を離さないまま答えた。絵本は〝ちきゅうのどうぶつ〟という幼い頃に母親が買ってやったものだった。今年10歳になるはずのワタルが読むには少し内容が幼すぎると博士は思っていた。しかしワタルはもう何年もその本を手放さず毎日読んでいた。そのおかげで表紙はボロボロになり、ページもところどころ破れ、古雑誌のようになっていた。

不思議な子供だ、と博士はいつもワタルを見て思っていた。もっと幼かった頃は何度叱《しか》っても研究室の壁にクレヨンで落書きをした。太陽や星や月や動物の絵ばかりを描いた。博士が途中で叱るのをあきらめたおかげで、今では研究所の壁はワタルの落書きだらけだった。

ワタルはいつの頃からか落書きをやめたが、今はああして絵本に夢中だった。

ワタルは「自分で考える」と言って学校にも行かなかった。自分で考える？　何も知らずに何を考えるのだ？　博士が算数だけでもと教えようとすると、「頭は空っぽのまんまでいい」と言った。このガキはバカか、と、博士はその時率直に思ったものだ。自分の血をひく人間にこんなにボンヤリしたのが生まれてくるとは、少し意外にも思ったが、博士は博士で教育といったものにはトンと無頓着《むとんちやく》で、そのまま遊ばせていた。

頭は空っぽのまんまでいい。

実は、ワタルのその言葉は博士の胸をチクチクと突いた。ワタルの両親は何年も前に事故で亡《な》くなった。ワタルにとっての母は、博士にとっての娘であった。博士は娘を失った喪失感の中で、娘との思い出が何度も思考を邪魔するのを感じた。こんなことならいっそ娘との思い出を全てかき消してしまいたい気持ちになることがあった。ワタルも母親と父親を失った中、同じような思いをしているのかもしれない、と博士は感じた。

また、今となってはワタルの言葉はこの未来を暗示していたようにも思えた。この先、人類の総意によって人間の生きる世界が消失することにでもなれば、わずか10年ぽっちの間に蓄えた知識などなんの役に立とう。

今、ヴェガはワタルの前にそびえ立っている。

人間の発する願いのゼータ粒子を元に核合成を行い、全ての力学の統一場で物質を生成する、万物創成マシーンは既に完成してそこにある。

博士はワタルを見つめた。

「なあ、ワタル」

「なに？　おじいちゃん」

ワタルは絵本から目を離さないまま言った。

「おまえの願いが一つだけ叶えられるとしたら何を願う？」

「飛びたい」

「何？」

ワタルはようやく本から目を離して言った。

「飛びたいよ。鳥みたいになって空を飛びたい。それからクジラの背中にも乗りたい。あと……」

「ダメだ。叶えられる願い事は一つだけだ」

ワタルは不服そうに絵本に目を戻した。

ヴェガの試運転をするかどうか。ヴェガの制作を始めた頃から博士の頭の中にある小さな迷いだった。ヴェガがその中で何を創り出すかは、誰にもわからない。人間が知りうるのはヴェガが創り出した物質が世界に及ぼす結果だけだ。命題は生か、死か。それは人類の最終決断である。

ヴェガ内部で起こるであろう化学反応はかつてこの地球が経験したことのない現象である。それがどれほどの衝撃になるか、博士にはわからなかった。どんな化学反応にせよ、その衝撃にヴェガ本体が耐えられるものかどうか。

ヴェガは理論上は完成しているはずである。何度もチェックした構造に欠陥はない。しかし本当に理論通りに作動するかどうか。試運転なしに人類の最終決断をヴェガに決行させることは恐ろしく、不安であった。しかし、たった一度の作動で、ヴェガ本体が崩壊する可能性がある以上、やはり運転はぶっつけ本番でいくしかない。それもまた人類の背負った運命かもしれない。博士はたった今までそんなふうに考えてきた。しかし今、ワタルの姿を見てきまぐれのようにふと思った。

この子の他愛もない願い事だったらあるいはマシーンにそれほどの負担もないかもしれない。

博士は短冊を手に持った。

「ワタル。ちょっとこっちにおいで」

ワタルは本を椅子に置いて、トコトコと博士の所へ歩いてきた。

○

世界連邦ビルの最上階では全人類世界民主連邦総統の意味のないお喋《しゃべ》りがまだ続いていた。

「ダ・ヴィンチは果たして今日という日を予期して、あの最後の晩餐《ばんさん》を……」

その時、女性秘書官が会議室に駆け込んできた。

「集計結果が出ました！」

そこにいた全員が固唾を呑んだ。秘書官が結果の書かれた短冊の入った封筒を総統に渡した。

総統は、震える手でそれを受け取り、そっと封を開いた。

果たして人類の総意は、生か、死か。

会議室にいた全員が総統に注目した。


その時、総統の後ろの窓の外に、大きな黒い物体が、風に乗ってプカプカと流れてきた。

「……え？」

それまで緊張し、固まったまま総統に注目し、沈黙していた会議室の人々がヒソヒソと話し始めた。

「……おい」

「なんだアレは？」

「……飛行船？」

「いや、あんな飛行船見たことない。まさか、あれは？」

「……そんなバカな」

首脳達のざわつく声は徐々に大きくなった。

「静粛に！」

総統が思わず怒鳴った。

「諸君は何を騒いでいるんだ！　この大事な時に！」

「……そ、総統……アレを……」

「アレ？　何だ？」

「う、……うしろ」

総統は首脳の一人が指さすままにうしろを振り返った。

「……なっ！」

目の前に、信じられないことに、大きなクジラが浮かんでいた。

「……なんだ、あれは……」

「……お、おそらくですが……クジラではないでしょうか……」

「クジラ？　まさか」

世界連邦ビルの最上階。２３０階の窓の外である。そんな所にクジラがいるはずはない。

総統が自分の目の前に浮かんでいる存在を信じられなかったのも当然だった。

しかしソレは、見れば見るほどクジラに違いなかった。体長30メートルはあろうかという巨大な黒いクジラだった。

今まで見たこともない程の大きなクジラが、総統の目の前の一面ガラス張りになった窓の外を、プカプカと、フワフワと空に浮かび、ゆっくりと横切っていくのだった。

「……」

総統は言葉を失い、ただ呆然《ぼうぜん》と目の前に泳いでいるクジラを眺めることしか出来ないでいた。

その時、首脳の一人が言った。

「あ！　あそこ！」

「え？」

「見てみろ、あの、クジラの背中の上……」

皆が、その首脳の指さす先を目を凝らして見つめた。

「まさか……」

「……子供か？」

クジラの背中の上には、小学生ぐらいの少年が乗っていて、ニコニコと笑いながらこちらに手を振っていた。

総統の頭の中はまっ白になった。

「……何だこれは……」

その質問に答えられる者は誰もいなかった。

総統は、自分でも気がつかないうちに手に持っていた短冊をクチャクチャに握りつぶしていた。

○

ドロドロに溶融し、崩壊したヴェガの傍らで天馬博士は腰を抜かしへたり込んでいた。ワタルの書いた短冊をヴェガに入れ運転を開始した途端、ヴェガの中から黒い巨大な怪物が出現しヴェガは溶け、崩れ落ちた。なぜか一瞬「神か？」と博士は思った。

しかしそれはよく見れば間違いなくクジラだった。ワタルがよく落書きしている絵本の中に書いてあるクジラそのものだった。

呆気《あっけ》にとられている博士の目の前でワタルはクジラの背中に飛び乗った。

研究所の壁に大きな穴が開いていた。ついさっき、ワタルを乗せたクジラがそこを突き破って飛んでいったのだ。

壁の穴から見える空は真っ青で雲一つ無く、太陽は燦々《さんさん》と照り、研究所内には光が満ち溢《あふ》れていた。

$E = mc^2$

博士の頭の中ではずっとこの式が繰り返されていた。

物質の中に閉じ込められているエネルギーの量は、その物質の質量掛ける光の速度の二乗分にも相当する。片手で持てる程の鉱物から、街一つ吹き飛ばす程のエネルギーが放出されるとすれば、たった10歳の子供の中にどれほどのエネルギーが含まれていることだろうか。

ゼータ粒子は人間の想像力が発生させる原子未満の物質だった。だとすれば想像力とは？一体何を発生源としているのだろう？

二つに一つ。究極の選択。生きるか、死ぬか。

考えてみれば、と博士は思った。人類はその頭に知識を溜《た》めるだけ溜め、存在するものの中から何かを選択することばかりを繰り返してきた。しかしワタルがしたのは選択ではなかった。

頭は空っぽのまんまでいい。

ワタルはこうなることを知っていたのだろうか？

博士の目の前の床にヴェガから吐き出された、ところどころ焦《こ》げ目のついた短冊が落ちていた。それにはワタルの字でこう書かれていた。

「空飛ぶクジラに乗りたい」

マナブとソラ

少年はいつもの小さな公園で、空を見つめていた。夕焼けにはまだ少し時間がある空には、黄色いようなクリーム色のような雲が光っていて、その前を時々、黒い鳥の群れが横切っていくのが見えた。

遠くで少年のクラスメート達の遊ぶ声が聞こえた。

少年の名は、マナブ。

マナブはいつも自分が透明人間のように感じていた。この世界の誰も自分のことが見えてないように思えた。いや、見えているんだけど、見えないふりをしているように感じていた。それはマナブ自身が招いたことだった。だからマナブはそのことで誰かを責めようとも思わなかった。

マナブは自分以外の人が恐ろしかった。だから学校でも誰かに話しかけるということが出来なかった。いつも一人で過ごしていた。自分の世界が誰かに壊されてしまうのが恐ろしくて人と交ざり合う勇気が持てなかった。

教室ではクラスメート達が楽しそうに話しているのが羨《うらや》ましかった。賑《にぎ》やかな教室の中で、自分のことや、これからのことを考えると胸がつまったように苦しくなるので、いつもどこも見ないようにして、何も考えないようにしているのに、次から次へと嫌なことばかりが思い浮かんだ。

自分はこのまま大人になってもきっと今のように透明人間のまま、誰にも見つけられず一生生きていくのではないかと思った。小学生のマナブにとって一生というのは途方もなく長い時間に思えた。それはほとんど永遠と同じように思えた。この時間がずっと続くのは寂しくて悲しくて辛《つら》くて、とても耐えられそうにないのに、マナブは自分の世界から外へ飛び出すことは絶対に出来なかった。自分が臆病者《おくびょうもの》であることが嫌だった。それなのに臆病者であることを変えようとすることも出来なかった。

いつの間にか夕方になって、空はオレンジ色に光っていた。

遠くで聞こえていたクラスメート達の遊ぶ声も聞こえなくなっていた。皆家に帰ったのだろう。

春の空に一羽の鳥が高く飛んでいた。

ぼくは、どうして鳥に生まれてこなかったんだろう。

マナブがずっと動かずにいると、マナブの飼っている子犬が、ペロペロとマナブの頬を舐《な》めてきた。

子犬の名は、ソラといった。マナブが付けた名前だ。

——マナブ、もう帰ろう——

ソラの声がマナブには聞こえた。

「うん。でもちょっと待って。もう少しこうしていたい」

マナブはソラに言った。

それがマナブの癖だった。

マナブには、犬や鳥や、いろんなものの声が聞こえるのだった。そしてそのたびに、マナブはそういったもの達の声にこたえるのだった。

しかしそれは、本当に犬や鳥が喋《しゃべ》っているのではなくて、マナブが想像した声をマナブ自身が聞こえたような気になっているだけなのかもしれなかった。

小さい頃からマナブには、そうやって一人で遊ぶ癖があったのだ。

クラスメート達は、そんなマナブを気味悪がった。何しろ、いつも一人でブツブツと言っているのだから。

マナブを気味悪がったクラスメート達はマナブを拒絶するのが当たり前になった。関わらないでおこうと皆が思ったのだ。マナブもまたそれでいいんだ、と自分に思い込ませた。クラスメート達の喋り声は雑音だと思い込んだ。その会話に加わりたくなんかないと、いつも自分に言いきかせた。

他の子供達に囲まれた中で一人で喋らないでいるよりも、もともと誰もいない場所で一人でいることの方が気持ちが楽だった。

だからいつもマナブは学校が終わるとソラを連れて公園に来て過ごしていた。誰もいない小さな公園で一人でいるぶんには、自分は、この世界で生きていても不自然な生きものではないと思えた。

気がつくと、マナブの隣で、ソラも空の鳥を見上げていた。

「……ソラ。キミも鳥になりたいの？」

――……――

ソラは何も言わず、ジッとマナブを見つめているだけだった。

「じゃあ、鳥になってみようか」

そう言うと、マナブはソラを連れて放課後の学校に向かった。

○

マナブとソラは、学校の屋上にやってきた。

マナブは手すりを持ち、空を見上げた。

ここから飛んだら飛べるかな。

マナブはソラに言った。

「ソラ。飛んでみる?」

——……——

ソラは今日に限って何も言ってくれなかった。ただジッと、マナブを見上げているだけだった。

「……そうか。ごめんよ。キミは怖いんだね。わかった。ボク一人で飛んでみるよ」

そう言うとマナブは手すりを越えようとしてふと下の校庭を見た。そこではマナブのクラスの子供達がサッカーをしていた。その子供達の姿がとても小さく見えて、マナブは少し怖くなった。

そして今度は本当の空に向かって話しかけた。

「……ねえ、神様。ここからジャンプしたら空を飛べるの？　鳥みたいに……」

するど、不思議なことが起こった。

春だというのに。そしてとても暖かくて晴れているというのに、空から、雪が降ってきたのだ。

それも、たったひとひらだけだった。

マナブは思わずそのひとひらの雪に向かって手を差し出した。

すると雪は、マナブの手のひらに落ちて、アッという間に溶けて消えてしまった。

その時、マナブには雪の声が聞こえた。

(飛びたいなら、落ちちゃダメだよ！　落ちたら、ボクみたいに消えちゃうよ)

マナブはハッとして空を見上げ、そして足もとのソラを見つめた。

するとソラはマナブを見上げて、言った。

――マナブ。ボクは喋れないのに、なぜキミにはボクの声が聞こえるの？――

「えっ？」

――なぜキミには雪の声が聞こえるの？　ボクはキミが羨ましいんだ。きっと……鳥も雪も。きっと、みんな、そう思ってる――

ソラは、そう言うと、ジッとマナブを見つめた。

戸惑っているマナブに、ソラは言った。

——ねえ、マナブ。人間ほど高く空を飛べる動物って他にいるのかな？　キミは今、空を飛んでるんじゃないの？　ボクには、いつもそう見えてるんだよ。知ってた？——

マナブは目を閉じて、ソラを抱き上げた。

耳元でソラが言った。

——マナブ。もう帰ろう——

マナブは何かとてつもない強い力で、この世界に引き戻されたような気がした。

空が笑ってるように見えた。

プレゼント

「ミスター・レノン？」

暗闇《くらやみ》から男の声がしたかと思うと、立て続けにパン、パン、パン、パン！　と、4〜5発の銃声がした。同時に耳をつんざくような女の叫び声が夜の空に響き渡った。

世界中が凍り付くような冷え切った冬の夜だった。

物陰に潜んでいた老人がハッとしてそちらに目を向けた時には既に遅かった。

時間は止まっていた。青年は倒れ、青年を撃った男が銃を持ったまま立ちすくんでいた。

男の表情からはなんの感情も窺《うかが》えなかった。

老人は男をジッと見つめたまま、恐怖に包まれ、体を動かすことさえ出来ずにいた。いつもはふくよかで赤ら顔の老人の顔が一気に青ざめた。

そこに倒れているのは、確かにあの懐《なつ》かしい青年だった。

老人はこの青年の古くからのファンであった。青年が今よりももっと若く、やんちゃだった頃。今よりもっと生意気で、身の程知らずで、実に困った存在だった頃。全世界の若者が青年を中心とした四人の悪ガキの虜《とりこ》だった。当時、老人の元には世界中の子供達から彼らの音楽を届けてくれと注文が殺到した。

もうずいぶん長いことこの仕事をしているが、あんなことは初めてだった。どこへ行っても子供達が欲したのは、あの奇っ怪で、楽しい、オモチャ箱をひっくり返したような彼らの音楽だった。

老人にはそれが不変なものとなることがわかっていた。そして、金切り声を上げる青年を頼もしく思ったものだ。

その青年が、あの懐かしい青年が、たった今、自分の目の前で撃たれた。

なんてこった！

「……ご主人様、そろそろ行かないと……」

せっかちのルドルフが恐る恐る言った。

「うるさい！　黙ってないと、そのくだらない赤鼻を引きちぎるぞ！」

「ひっ！……」

ルドルフは恐怖に震え黙りこくった。そして小声で隣のトナカイに呟《つぶや》いた。

「……これが世界中の子供達から愛される優しいサンタの言う言葉かね？……皆に聞かせて

やりたいわ」

「何だと？」

「いいえ、何も……」

ルドルフは慌《あわ》てて首を振った。

老人は倒れた青年を見つめ、その背中から溢《あふ》れ出し、凍った血を見つめながら、かつて青年が言った言葉を思い出していた。

「僕らは今や、キリストよりも人気がある」

老人はそれを聞いて思わず笑ったものだった。

なんと大それた大口を叩《たた》くもんだ！　と。

しかし、まんざら嘘《うそ》でもない……と。

世界中を飛び回っている老人にはその実感があったのだ。

老人の古くからのヒーローである〝あの人〟が、この世界にもたらしたものよりも、この青年がもたらしたものの方がはるかに華やかで、楽しいものばかりではないだろうか？　と、老人は口にこそ出さないが心の中で思っていた。

まぁ、どちらも混乱には違いないが。

いずれにしろ、カリスマとは厄介であることにかわりはない。

しかしこの青年の他愛《たわい》のない戯《ざ》れ言《ごと》に、当時、大人達は目くじらを立て、やっきになって糾弾した。頭に血が上り、興奮し、言葉を撤回せよと、騒ぎ立てた。

老人は呆《あき》れたものだった。

〝あの人〟を崇《あが》める子供達はいつもこうだ。こうして争いごとを大きくしていく。果たして〝あの人〟は、これをどう救うのか？　全く、熱狂的なファンというものは……。

ふと老人は、銃を持ったまま立ちつくしている男を見た。

狂信者は時としてモンスターになる。

老人がこの場所に導かれたのは、誰かの強烈な思いによるものだった。

私にプレゼントを届けて欲しいと、誰よりも強く願っている子供がいる。

その思いはあまりにも強く、老人はいてもたってもいられなくなり、いつものクリスマスよりも少し早くこの場所へ、吸い寄せられるようにしてやってきたのだ。

その思いの主がここにいるこの男なのか？

目の前に立つ男は、小太りで色白で、空洞のような目をしていた。

マーク・チャップマンはジョン・レノンの死体を見つめ、心の中で呪文《じゅもん》のように繰り返していた。

……コイツは全《すべ》てを持っている。俺には何もない……神よ、なぜ俺には何も与えなかった？　こいつには全てのものを与えたのに……。

「あのぅ、ご主人様……」

恐る恐るルドルフが言った。

「わかってる！」

世界の時間は止まっていた。

チャップマンがジョンに銃口を向けた瞬間、サンタが右手を高く天に挙げパチンと指を鳴らしたのだ。しかしコンマ一秒遅かった。

時間が止まったのは銃弾が青年の体に食い込んだ後だった。

今は全てが静止していた。ジョンの体から流れ出す血液も、チャップマンの持つ銃口から立ちのぼっていた煙も、何もかもが動かないままだった。

サンタはチャップマンに近づき、持っていた白い袋の中を探した。しかしいくら探してもこの男にあげるべきプレゼントは見つからなかった。こんなことは今まで一度だってなかった。

サンタクロースが、目の前にいる子供に渡すべきものを見つけられないなんて。

しかもあろうことか、現実の出来事に狼狽《ろうばい》し、その手はガタガタと震え、思うように動かないのだった。

しばらくしてサンタは怪物へのプレゼントを探すことをとうとうあきらめた。

頭の中はその頭髪と同じようにまっ白で、何も考えられなかった。

くそっ……わしとしたことが。

いまや単なる白髪で太っちょのくたびれた老人と化した男は、怪物の傍らから離れると、その場にしゃがみ込んだ。

「……ご、ご主人？」

「ルドルフ、お前の肉はシチューにしたらうまそうだな……」

「ひぃっ！……」

サンタは悪態をつき、不機嫌そうに立ち上がるととりあえず倒れているジョンの側《そば》に寄り添うヨーコの頭に手を乗せ、静かな声で呟いた。

「……ハッピー・クリスマス」

そしてジョンに言った。

「戦争は終わった」

ツーキッズ

マナブが目を覚ますと、そこは、砂浜だった。

上には銀色の空が広がっている。

起き上がり前を見ると、そこには、空より鈍い銀色の海があった。

波は淡々と時を告げるように寄せては返していた。銀の海のそこらじゅうで、波の頭がキラキラと光っていた。

ここは……。

マナブは、自分がどうしてその海に一人でいるのか、思い出せなかった。それは地球の海のようではなかった。どこか、異星の海なのかもしれない。なのに、とても懐《なつ》かしい気がした。なぜそう感じるんだろうと考えた時、マナブは思い出した。

その海は、つい最近、マナブが夢の中で見た海だった。

マナブはいつも独りだけの世界で生きていた。

自分の心の中に閉じこもり、どこへも行けずに暮らしていた。

しかし夢の中では違った。世界中どこへでも行けた。地球の外にだって行くことが出来た。

そして今、マナブの目の前にある銀色の海は、つい数日前、マナブが見た夢の中で訪れた海だった。

マナブはずっと夢で見た海を忘れられずにいた。もう一度あの海を見たいと思い続けていた。だとすれば、これも夢なのだろうか……。しかし波の音も、風の香りも、ひんやりとした空気も、どれもが夢とは違って生々しく、現実のものとしか思えなかった。

銀の海を見つめていると、遠くの水平線に、何かが浮かんで見えた。ジッと見つめていると、それは段々と大きくなりこちらに近づいてきた。

マナブは思わず息を飲んだ。それは巨大なクジラだった。

アッという間にマナブのすぐ近くまで来たクジラは、かなり大きな、前に動物図鑑で見た、全長30メートルはありそうな、世界のどこかにいるはずのクジラだった。

そのクジラの背中には一人の少年が乗っていて、こちらを見てニコニコと笑っていた。

マナブが呆気《あっけ》にとられて見ていると、少年はクジラの背中からポーンと飛び降りて、水の中をバシャバシャと走ってマナブの側まで来た。

「ここで何してんの？」

とその少年は聞いた。マナブは戸惑った。

「え？　キミは誰？」

「ワタル。あの船の船長だよ」

「船？　クジラじゃないの？」

「クジラだよ。でもボクの船なんだ。ボクは水兵リーべだよ」

「え？　何言ってんの？」

ワタルは笑って言った。

「なんでもない。ねえ、行こうよ」

「行くって、どこへ？」

「行きたいところ。ここにいたって仕方ないだろ？」

「……うん。まあ、そうだけど」

「じゃあ行こうよ」

そう言うとワタルは再び水の中をバシャバシャと走り、アッという間にクジラの所まで行くとその背中をスルスルとよじ登った。そしてクジラのてっぺんから、「早く」と言った。

マナブも見よう見まねでなんとかクジラによじ登った。クジラはおとなしく、思っていた以上に登りやすかった。

ワタルが叫んだ。

「出航！」

しかしクジラは動き出さなかった。

「……」

マナブがボーッとしているとワタルが言った。

「何考えてる？　何も考えてないの？」

「え？」

「この船はキミが動かすんだ」

「えっ、ボクが？」

「この船は蒸気船でも帆船でもない。燃料は油でも風でもない。このクジラの動力は物語だ」

「物語？」

「うん。この銀色の海は、時間だよ。波が時を刻んでる。進路は未来だ。わかる？」

マナブにはチンプンカンプンだった。

「頭は空っぽのまんまでいいよ。地図はこのあと誰かが作る。キミは未来をどうしたい？」

「未来？　ええと」

「キミの頭の中で考えてることが未来に繋《つな》がるとそれが燃料になる。そうするとクジラは動き出すよ。キミはこのクジラに乗って何をしたい？」

「クジラに乗って……ええと」

ワタルはじれったそうに言った。

「何でもいいんだ。パッと思い浮かんだものを言ってみて」

「ええと……宝探しとか？」

「ありきたりだね。……でもまあ、いいか。目的はありきたりぐらいでいいよ。でも、宝って何？」

「ええと……」

「それが重要じゃない？」

「……そうだね」

「ボク達は概念や言葉を探しに行くの？」

「え？」

マナブは考え込んでしまった。

ワタルは言った。

「ま、いいや。考えを止めちゃうぐらいなら大ざっぱなままでもいいよ。宝はきっと……宝箱に入ってるよね？」

「え？　ああ、うん」

ワタルは思い出したように笑って言った。

「箱の中身は開けてみるまでわからないか……ふふ……誰かの箱の中の猫みたいだな」

「何？」

「世界はあやふや。見てみるまでは決まってない」

「……うん？」

「でもいっか。そっちから行こう。……宝箱があるのはきっと宝島だ。だとすれば目的地は宝島だよね？」

「……そうだね」

「宝島に宝を探しに行くボク達は何者？」

「え？　なんだろう……海賊？」

ワタルは少し考え込んで言った。

「海賊か……ちょっと古くさいね。これから未来へ行こうってのに。でもバカみたいでいいかもね」

マナブは少し可笑《おか》しくなって笑った。

「うん」

「じゃあ、海賊になろう。……って言っても海賊って何するの？」

「……そりゃ、他の船を襲って財宝を奪ったり……」

「なるほど、じゃまずは他の船を見つけなきゃ」

「待って。宝の地図は？」

「なにそれ？」

「宝のある場所が書いてある地図だよ。それを見つけなきゃ」

ワタルは面倒くさそうに言った。

「それ必要なの？」

「え？」

「その地図ってどこにあるの？」

「わからない」

「じゃ、その地図を見つけるための地図を探さなきゃいけなくなるよね？」

「……うん」

「そしたら今度はその地図がある場所を書いてある地図のある場所を書いてあるそのまた地図を見つけなきゃならなくなる」

「……うん。そうだけど……」

「きりがないよ。分析ばっかりしてたらおジイちゃんになっちゃうよ。ボク達は現象でしょ」

「現象？」

「うん。本当に起こっていることだよ」

「……うん」

「分析ばっかりしてるから学問は本当のことからそれていくんだ」

「学問？」

「うん。学校の勉強みたいなことだよ。宝の場所がわからないのと、宝の地図の場所がわからないのとは同じことじゃない？」

「……確かに、そうだけど……」

「同じくらいわからないんだったら、最初から宝を探した方がいいよ。地図を探してからもう一度宝を探すなんて二度手間だよ」

「そうなのかなぁ」

「そうだよ。じゃなきゃちっとも前に進めない。それに地図に書いてある宝なんて、どっかの誰かが決めた宝でしょ？　それがボク達にとっても宝かどうかわからないよ」

マナブの頭はまた混乱してきた。

ワタルは言った。

「まずは他の船を襲って海賊にならなきゃ。でも、どうやって襲う？」

「きっと……」

マナブは自分が乗っかっているクジラの背中を触りながら言った。

「……他の船から見たらこれは海賊船に見えないと思うんだ……」

ワタルは笑った。

「クジラだからね」

「うん。だからきっと誰もボク達が海賊だって思わないと思う」

ワタルはまた笑った。

「確かに！　誰も思わないね。でもなんて思うんだろう？」

マナブは少し考えて言った。

「……クジラの背中に乗っちゃって困っている子供かな？」

「そのまんまだね」

と、ワタルが言うとマナブも笑った。

「いいね。なんかバカみたいでおかしくなってきた！　じゃあ、ボク達はクジラの背中に乗っちゃって困っている子供のふりして船に近づこう」

とワタル。マナブはうなずいた。

「うん。そうしたらきっと船に上げてくれるよね」

「で、助けてもらった子供のふりして、御馳走《ごちそう》みたいな料理をたくさん食べさせてもらおう」

「いいけど……ちょっとずるいね」

「何言ってんの？　海賊だろ？　ずるいの当たり前だよ！」

「ハハッ。そうか」

とマナブが笑った。

「それでみんなが寝たあとにこっそりお金とか食糧とか武器とか盗めるだけ盗んで、クジラに飛び降りよう」

「でも、もし見つかって追いかけられたら……？」

「闘ってやっつけるしかないでしょ。ボク達は海賊なんだから」

「殺すの？」

「海賊ってそういうもんでしょ」

マナブは不安な顔になった。

「……出来るかな？」

「簡単だよ。物理的にはね。生かすのは難しいけど」

「……でももし、その船に女の子がいたら？」

「女の子？」

「うん。もしも可愛《かわい》い女の子がいたら、その子は生け捕りにしよう」

ワタルは目を細めてマナブを見つめた。

「キミ、何考えてんの？」

「だって、かわいそうだろ？　海賊だってそうするんだよ。美女は生け捕りにするんだ」

「ふ〜〜〜〜ん」

ワタルはニヤニヤしながらマナブを見た。

「……何？」

「キミって結構エロいんだね」

「えっ!?」

その時マナブは顔に風をうけた気がした。髪の毛がフワッとなびいた。

「あ！　クジラ、動いてる！」

マナブが叫ぶとワタルも笑ってうなずいた。

「うん。いい感じだ。キミの物語が明確になってきたからだよ。ねえ、もっと具体的に考えて」

「もっと具体的に……」

「宝物を見つけるっていうバカな夢みたいな事柄と、ボク達が今からどっちの方角に進むかっていう現実の事柄を具体化して繋げるんだ」

「どっちの方角に進むか……」

マナブは海を見た。

気がつくとクジラはもうずいぶん沖まで来ていた。銀色の空には白く濁ったような太陽が輝いていた。

「あっちかな」

マナブは眩《まぶ》しそうに太陽を見つめて言った。

「太陽の方？」

「うん。明るい場所じゃないと他の船も見つからないと思う」

「なるほど。それにこの星には目印はあれしかなさそうだ。夜に向かうよりマシだしね」

「うん。きっとあっちの方が新しい」

「新しい？」

「だって太陽が昇る場所は必ず新しいことが始まる場所でしょ？」

ワタルは笑って言った。

「いいこと言うね。その通りだ」

「でも、追いつけるかな？」

「知らない。行ってみないとわからないよ。ねえ、キミ名前は？」

「名前？　あ、ボク、マナブ」

「ふ〜ん。マナブか。いい名前だね」

突然、クジラの背中から潮がプシューッと噴き上げられたかと思うとクジラは太陽の方角に向かって進み出した。

ワタルもマナブも全身に水を浴び、びしょ濡《ぬ》れになって、お互いを見て大笑いした。

ワタルが大声で叫んだ。

「ハイホー！　やっぱりな！」

「え？」

「やっぱりだ！　未来はいつも面白い！」

降りなかった王様〜首相はつらいよシリーズ1

真っ青な空の中、たった一人。青年兵士は戦闘機の操縦桿《そうじゅうかん》を握りしめていた。真下に、どこまでも続く雲海が白く眩《まぶ》しく光っている。あと少しで、青年はこの雲海をつらぬき、その下にいるはずの敵戦艦に体当たりするのだ。

ふと、青年の脳裏に数日前の妹の泣き顔が浮かんだ。最後の夜。お前の兄はもう帰らないと告げた時、幼い妹は泣きじゃくり、なぜお兄ちゃんが死ななければならないのかと、青年に問うた。兄が死ぬことと、闘いに勝つことが、妹の中ではどうしても共存しなかった。

どう説明しても泣きやまない妹を前に、青年は即興で物語を創《つく》った。青年は幼い頃から文学が好きで、いずれは童話作家になるという夢を抱いていた。それは青年が創った最後の物語だった。

○

『降りなかった王様』

あるところに小さな国がありました。

その国は小さかったけれど、国民は誰もが勇敢で誇り高い人々でした。しかし今のその国の王様は、優しいけれど、若い頃から優柔不断で、国民は皆、王様をバカにしていました。

ある時、周りの大きな国々がその国を攻めてきました。

国民は皆、必死で闘いましたが、大きな国にはとても敵《かな》いませんでした。もうこれ以上闘ったらその国は無くなってしまうという時、王様は闘いを続けるかどうかの判断を迫られました。

その時、王様は言いました。

「私は最後まであきらめません」

普段は優柔不断な王様が、その時はきっぱりと、とても立派な態度で、そう言い切りました。

逆に普段は勇敢だった国民は皆、王様に、もうあきらめてほしいと言いました。しかし王様は一切耳を貸しませんでした。

「私にはまだ、やるべきことがあります。それは全身全霊をかけてこの美しい国を守ることです」

国民は皆、王様にその座を降りてほしいと言いましたが、王様は絶対に降りませんでした。それは優柔不断な王様の、たった一度だけの意地でした。

やがてその美しい心は、国民にも伝わり、人々は皆王様と心をひとつにしました。

小さなその国は無くなってしまいましたが、神様は王様の決意を誇りに思い、王様のいたお城の跡に決して枯れることのない黄金の木の種をまきました。

それは百年たった今でも輝き続けています。

世界中の人々はかつてそこにあった小さな美しい国のことを今でも憶《おぼ》えていて、誇り高き王様は世界中の人々の心の王様として、尊敬され続けているのです。

○

青年は妹に言った。

「幸福よりも、勝つことよりももっと大切なことがある。それは義だ。やるべきことを全うすることだ。人にとって、それが何より大切なんだ」

幼い妹は最後まで泣きやまなかったが、もう何も言わなかった。

今、青年は脳裏に浮かんだ妹の泣き顔をかき消して、晴れ晴れとした気持ちで、戦闘機の高度を直角に下げて、雲をつらぬき、下へ下へと落ちていった。


それから時がたち、幼かった妹は、兄がなりたかった童話作家になった。

彼女の発表した童話『降りなかった王様』はベストセラーになった。

でも、彼女の物語は、兄が語ったのとは少しだけ、終わり方が違っていた。

王様は最後、攻め込んできた隣国の鎧《よろい》を着たお姫様を一目見て恋に落ちる。あれほど意地をはっていた王様はまるで魔法にかかったように、姫の美しさに負け、全面降伏する。

二人は結ばれ、両国に平和が訪れる。人々は王様の滑稽《こっけい》さを笑う。王はその座を降り、人々に笑われる道化となる。

そして物語はこう結ばれる。

「……その後彼は、喜劇の王様として永遠に語り継がれ、終世その名が玉座を降りることはありませんでした」

作家となった妹はインタビューに答え、物語の前半を創ってくれた兄についてこう語った。

「兄は永遠に私の誇りです。でも、だからこそ私は、この物語をハッピーエンドにしたかったのです」

雲のパレード

「こんなこと、言っちゃいけないのかもしれないけど……」

若い小説家は、テレビカメラに向かって語りはじめた。新進気鋭。彼の作品は攻撃的で勇気があり、世界に対する毒に満ちていて魅力的でもあった。それだけに世間の評価は賛否両論で、物議をかもす作品でもあった。そんな彼の言説は時に青臭くもあったが、的を射ている部分も多く、最近ではテレビの情報番組にコメンテーターとして出演する機会も多くなっていた。

彼が語り出したのは、ある歴史学者が亡《な》くなったニュースを伝えるＶＴＲが終わってカメラがスタジオに戻った直後だった。他の出演者達は口々にその死を惜しむ追悼のコメントをした。本来それ以外にその場にあったコメントはなかった。しかし若い小説家には、聞こえてくるそれらの言葉がみな、上滑りしているように感じられた。誰もその亡くなった歴史学者の仕事を理解している人はいないように思えた。

自分がこれから語り出すことはこの場にそぐわないだろうとの予測は出来た。それは歴史学者の遺《のこ》した言葉に反発するような意見だった。この場はただ追悼の言葉を述べるだけでいい。考えは考えとして自分の中に留めておけばいい。何もここで表明することはない。それは充分わかっていた。だが、一度口を開いたらもう止めることは出来なかった。それだけ彼は青く若かった。

「遠くの国の人の悲しみよりも、今の自分の問題なんです。海の向こうで起きている紛争を、心の底から自分の問題として悲しめない。知りもしない、事情も環境も違う人々の悲しみをどこまで自分が理解出来るというのか。新聞やテレビで伝えられるほんの一部だけを見て、それを理解したつもりになっている自分が嫌なんです。知るなら全部知らなければならない。しかし僕には自分の生活がある。全部知り得ないのなら、むしろ自分をその問題から切り離すべきではないかと……」

そこまで言って彼は言葉に詰まった。

他の出演者達は困った顔で下を向いていた。

なぜこんな時にまで自己主張をしたがるか。彼は自分の若さ、破廉恥《はれんち》さを思い自己嫌悪《けんお》におちいった。

司会者が口を開いた。

「とにかく、大きな意味でいろんな人々に影響を与えた偉大な歴史学者であったと言えるでしょう。心よりご冥福《めいふく》をお祈りします」

○

少年はテレビを消すと窓から空を見上げた。たった今、テレビの中で紹介されていた亡父の顔と声が再び頭の中に蘇《よみがえ》った。

「歴史を見る時に一番重要なのは想像力です。ああ、この人達はこの場所で一体何を、どんな風に考えていただろう？　と想像してみることです。そういう態度です。ずっと長い時間そのことだけを想像してみることです。……現代の感覚を通してではなく、当時の社会を想像して、その社会の中で人はどんな風に考えただろう？　とジッと考えてみることです。長く考えていれば、きっと、頭の中に過去の世界が立ち上がってきます。そうしなければ歴史なんてわからないんです。いや、そうしたってわからないんですよ。それでも長く考えることです。……それはあたかも自分の住んでいるこの世界ではなく、他の世界の人々の生活や痛みや感動を想像してみることと変わらない態度です。他の国々の様々な問題を理解しようとする時に、理解したいと思った時に、人間はそういう態度をとろうとするでしょう？　あるいは自分にとって大切だと思った人のことを理解したいと思った時にもそういう態度をとるでしょう。それと同じことです。歴史をわかろうとするには必ずそういう態度が必要なんです」

それはいかにも父らしい言葉だった。そう語っている父の顔はいつもの、子供のような笑顔だった。

父が最後にテレビに出演した時の映像だった。

その後、スタジオで若い小説家がとても苦しそうな顔で父の言葉に反論していた。

少年は彼の顔を見つめ、自分まで苦しくなった。若い小説家は話し終わったあと、彼が自分自身のことを責めていることが手にとるようにわかった。

少年はテレビを消し、窓の外を見上げた。空に、雲がゆっくりと流れていく。散り散りに細かい小さな雲が横に長く連なって風に乗って移動していく。

少年が笑顔になった。その小さな細かい雲たちの一つ一つが、まるで外国のおとぎ話に出てきそうな間の抜けた小さな怪物に見えた。少年は目を凝らして雲を更に見つめた。するとそこにいるのは怪物だけではなく、自分と同じ年頃の子供達がたくさん混ざっているように見えてきた。怪物もいろんな種類がいた。コロボックルのような小さなのもいれば、角が生えた巨人のようなのもいた。子供達も怪物達も皆楽しそうに飛び跳ねるようにして歩いていた。これからどこかへイタズラをしに出かけようとしているような感じだった。賑《にぎ》やかな歓声が聞こえてきた。空の向こうまで横に長く伸びた小さな雲の連なりは、怪物と子供達のパレードのように見えた。

少年の頭の中に再び父の言葉が蘇る。

あれは母を亡くしたばかりの時だった。少年は今よりもっと幼かった。二人で雲を見ていた時、父が言った。

「あの雲、何に見える？」

少年は自分の上の雲を見つめて答えた。

「サイ」

父は笑った。

「サイか。……私には大きな船に見える」

「船か……」

「不思議だな、人によって見え方がそれぞれ違う。それなのに、今君がサイと言ったから、私にもあの雲がサイのように見えだした……」

少年が黙っていると父が言った。

「あの雲の正体は、細かい水蒸気の一粒だ。その一粒一粒が集まって雲になる。その一粒一粒の間を繋《つな》げてサイに見せてるのは、君自身の想像力だ」

雲は流れて、今度は薄く伸びたナイフに見えた。

「歴史も、これと同じだ。私が知っていることなんて歴史のほんの一部だ。それはあの雲を構成している水の一粒みたいなものだ。私達はものごとを点でしか捉《とら》えられない。でも私達にはそれを補う想像力がある。点と点を繋げて大きなイメージにするのは、君自身の感性だ。君の中で生まれたイメージは全《すべ》て本当のことだと思って良い」


怪物と子供達のパレードの雲は、不思議とその形を保ったまま、本当に行進しているように横へ、遠くの空へと流れていく。

少年はまた思い出す。


死の間際《まぎわ》、ベッドの上で、父は言った。

「歴史は思い出だ」

父は呟《つぶや》くように続けた。

「大昔の、国も違う人々の書いた書物でも私は共感出来る。時間も場所も超越して共鳴出来る。それは私達が点と点とを繋ぐ能力を持っているからだ。私が死んだら、どれでも良い、一つ星を見つけてそれを私だと思いなさい。私は必ず、その星から君に声援を送っている。そして星と星を繋げて大きなイメージを作りなさい。そうすれば全ての星が君に声援を送っていることになる。私は、永遠に君の友達だ。点と点を繋ぐこと。それが私達人類が胸を張って、この星の他の生命に誇れる大きな能力だ。君がその気になれば、この世界の全てを繋ぐことだって出来るはずだ。そうすればこの世界の全てが、君の友達になる」


気がつくと雲のパレードは遥《はる》か遠くの空にあった。

少年は空を見上げ、もっと行け！　もっと遠くへ飛んでいけ。と思った。

その日、風はとても静かに吹いて、雲を、一つ一つの水の風船を、その形を変えないままゆっくりと運んでいった……。

○

放送を終え、テレビ局の建物から出てきた若い小説家は、浮かない顔をしていた。さっきの自分の発言を思い出しては心の中で繰り返し反芻《はんすう》し、嫌な気分は増すばかりだった。いつもこうして自己嫌悪ばかりしている自分にも嫌気がさしていた。

いつまでグズグズ考えていても仕方ない。言ってしまったものは取り返しがつかない。後悔しても意味がないじゃないか。あの時発した言葉はありのままの自分の姿なのだから。

小説家は軽く頭を振ると深く息を吸い込み、空を見上げた。

そこに雲が流れてきた。小説家は雲を見つめ思った。

怪物達がパレードしているみたいだ。

空はきっと

真っ暗な宇宙に一頭の大きなクジラがポッカリと浮かんで漂っていた。

クジラの背中には二人の少年が乗っていた。ワタルとマナブだ。

シンと静まりかえった宇宙でマナブがポツリと呟《つぶや》いた。

「クジラ……止まっちゃったね」

新しい場所。太陽の方角に進路をとったクジラは銀色の海を離れ、惑星を離れ、宇宙空間へ飛び出した。しかしそこに待っていたのは、無数の太陽だった。あまりにも目印がありすぎて、クジラはどちらへ進めばいいのかわからなくなった。

ワタルは、遠くの銀河を見つめていた。銀河は細かい光の粒の集まりで、それが波打って流れているように見えた。

「凪《なぎ》だよ」

「凪？　宇宙にも凪があるの？」

ワタルはニッコリ笑って答えた。

「言ったでしょ。この船は帆船でも蒸気船でもない。このクジラの動力は、物語だ。ボク達が考えるのを止めればこの船も止まるんだ」

「……そう言えばボク、さっきからずっと何も考えてなかった。キミも？」

ワタルはまた笑ってうなずいた。

「頭ん中、空っぽだった」

マナブも笑った。

「たまには考えるのを休まないと、また次のこと考えられなくなるだろう？」

そう言うとワタルは、再び銀河を見つめた。

不思議な子だなと、マナブは思った。

「ねえ、ワタル。ボク達、キミのおじいさんの話の途中だったね」

「うん」

ワタルの祖父、天馬新一博士は、世界一の物理学者だった。

人間の意思から発せられる原子未満の粒子、ゼータ粒子を発見し、その粒子を核合成し新しい物質を創《つく》り出すマシーン、ヴェガを制作したのは天馬博士だった。

また、ワタルとマナブを乗せた海賊船であるこの空飛ぶクジラも、ヴェガによって創り出された船だった。クジラを動かすエネルギー源となっているのも、人間の発するゼータ粒子だ。これは一般に言う想像力であった。

ワタルはマナブと出会うまでは、一人でクジラを動かしてきたが、その頃のクジラの動きは今ほど自由ではなかったことを思い出していた。少し進むのにも今よりももっと多くの時間がかかった。時々恐怖と寂しさが想像の邪魔をした。

天馬博士は、ゼータ粒子は無限のエネルギーであると言っていた。確かにワタルもそれは実感していた。しかしゼータ粒子自体の発生原理とは何なのか？　何もない所から何かが突然生まれるのだろうか？

$$E = mc^2$$

ワタルの空っぽの頭に天馬博士が繰り返し唱えていた公式が浮かんだ。

マナブと出会って、言葉をやりとりするようになってから自分が発するゼータ粒子の数が増えていることにワタルは気づいていた。想像は途切れることがなくなり、クジラの動きはスピードを増し自由度が広がった。

1＋1は2よりも大きかった。そしてワタルの目にするものには色彩が加わっていた。それまでただの白い川だった銀河が、今は虹《にじ》のような無数の色に輝いていた。

「おじいちゃんはね……」

と、ワタルはマナブに話しかけたのだった。

天馬博士の研究と、こうして自分がマナブと出会ったことに、何か深い関係があるような気がしたからだ。でも話しているうちに何がどう関係しているのかわからなくなって、いつの間にか黙り込んでしまったのだった。

「ワタルのおじいさんの話、もっと聞かせてよ」

とマナブが言った。

「うん。ボクのおじいちゃんは……」

ワタルは銀河を見つめて言った。

「光について、ずっと考えていたんだ」

「光……」

「うん。おじいちゃんは光について考えていた。この宇宙の全部のことが、光に関係しているって言ってた」

「全部のこと……」

「ボク達の命も、動物の命も、うんと小さな物質も、空も、時間の始まりも、たぶん全部光だって言ってた」

　マナブは考え込んでしまった。

「……なんか難しいね。ボクもこのクジラも光？」

「そう。そんな暗い顔したってダメだよ。キミも光だ」

「別に、暗い顔なんかしてないよ」

「キミのシャツも、靴も、さっき食べたチョコレートも、キミのウンコも光だよ」

「なにそれ？　ボク、ウンコしてないよ」

「これからするでしょ。したそうな顔してるよ」

「そんな顔してないよ！」

　マナブはムッとして言った。

　ワタルはニヤニヤしていた。

「キミの体の中にはウンコがいっぱいつまってる。それも全部光だ。だからキミは太陽と同じなんだ」

「ボクと太陽が同じってどういうこと？」

「キミは太陽や星と同じ、光の集まりなんだよ。光にはボク達の目で見えるのと見えないのとがある。時間は目に見えないよね。キミの頭の中の考えもボクには見えない。でもそのどっちも光なんだ」

「……」

「プププッ！」とワタルは吹き出した。「なにその顔？」

「え？」

「ウミガメみたいな顔になってるよ」

確かにマナブはワタルの言っていることがわからなくて、眉間《みけん》にシワを寄せた難しい顔で、ジッと遠くの銀河を見つめていた。

「だって、キミの言ってることがバカみたいだから」

マナブがふくれっ面《つら》で言うとワタルは更に笑った。

「本当、バカみたいだ。おじいちゃんはバカみたいなことをずっと考えていたんだ。でもバカみたいなことって面白いよ」

「そうかな」

「星や太陽がなぜ光ってるか、それがわかれば命が生まれた秘密もわかるだろう、っておじいちゃんは言ってた。で、その理由はきっと、宇宙がなぜ突然始まったのかっていう理由と同じだろうって」

「ふ〜〜ん」

「それは全部、光についての秘密なんだ。おじいちゃんは光がなんで光ってるのかを知りたがってた」

マナブは再び眉間にシワを寄せて言った。

「キミのおじいちゃんはなんでそんなこと知りたかったんだろう？」

ワタルは笑った。

「知らないよ。それはキミが、なんでボクのおじいちゃんが光の秘密について知りたがったのかを知りたがるんだろう？　ってことと同じぐらいわかんないんだ」

「……え？」

ワタルはケラケラと笑った。マナブはまた少しムッとした。

「なんで笑うの？」

「バカみたいだから」

マナブも吹き出した。

「おじいちゃんは言ってた。もし神様がこの世界をつくったんだとしたら、神様が凄《すご》いのは、この世界だけがたった一つのオリジナルだからだって」

「オリジナル？」

「うん。神様の凄いところは、今まで誰も一回も考えたことすらない世界を、初めて、何もないところからつくったことだって。正真正銘のオリジナルはこの世界でこのことしかないんだって。人間じゃなかなかそうはいかないって」

「そうなの？」

「おじいちゃんはそう言ってた。自分が今までに発明したものは全部、必ず、過去に誰かが考えたことのあるものの続きなんだって。自分が思うことも全部、昔に誰かが考えたことの続きなんだって。もし人間が、突然、そこだけにある、たった一つのものをつくれたとしたら、それは新しい宇宙の始まりなんだって」

「新しい宇宙？」

「バカみたいでしょ？」

とワタルは笑った。

「……どうかなぁ？」

マナブはまた考え込んだ。

「ねえ、マナブ。キミの犬の話も途中だったよ？」

「ん？」

「キミが飼ってた犬の話。ボクばっかり話してるのは飽きちゃった。犬の話の続きをしてよ。頭を空っぽにしたいんだ」

「頭を空っぽにするためにボクの話を聞くの？」

「ハハハ、そう！　いいでしょ？　犬の名前は、ソラっていうんだよね？」

「……うん」

「いい名前だね」

「うん。空から降ってきたみたいだったから、そう付けたんだよ」

「いい犬だった？」

「凄くいい犬だったよ。まっ白で雪みたいだった……」

マナブは懐《なつ》かしそうに言った。

「そうかぁ……じゃあボクもいつか犬を飼おうかな」

「いいかもね」

マナブは上の空で答えた。ワタルは構わず続けた。

「そしたらそれにはウミって名前を付けるよ」

「え？」

「海みたいにまっ青な犬だからウミ」

「まっ青？　そんな犬いるかな？」

「きっといるよ」

「……そうかなぁ？　うーん……でも、ソラとウミっていう名前は、いいね」

「うん。そしたら、ウミとソラを闘わそうよ！」

「闘わす？」

ワタルは嬉《うれ》しそうにうなずいた。

「ケンカさせるんだよ」

「どうして？　嫌だよ！　ケンカなんか絶対ダメだよ！　ソラはケンカは強くないもん！」

「そうなの？　ダメ犬か」

「ダメ犬じゃないよ！」

「ボクのウミは物凄く強いよ。狼《おおかみ》にも勝つぐらい強いんだ。無敵だよ」

「え？」

「虎《とら》にもライオンにも勝つ。最強の犬なんだ」

「ずるいよ！」

マナブは思わず叫んだ。

「どうして？」

「だってワタルは言いたい放題じゃないか。ウミはまだ会ったことも、いるかどうかもわからない犬なんだから、キミの好きなように、どんなふうにだって言えるよ！」

「ボクはそういう犬を見つけるんだからいいだろ？」

「え？」

「見つければ文句ないだろ？」

「……そりゃ、見つければいいけど……」

ワタルは遠くを見つめていた。その目の中には銀河が反射して映っていた。

「ウミはきっといきなりソラの首の所にガブッてかぶりつくんだ。それで、『ウゥゥ～ッ』って唸《うな》りながら頭を左右にグングン振り回すんだ。そうしたらキミのソラはどうするかな？」

マナブはとても嫌な顔をして言った。

「……きっとソラはジッとしたまま動かないよ」

「ふ～ん」

ワタルはジッと考え込んでから言った。

「……そうしたらきっと、そのうちウミも動かなくなる。『ウゥ～ッ』って唸るのもやめてソラの首を噛《か》むのもやめちゃうよ」

「そうなの？」

「ジッとして動かないんじゃ面白くないからね」

「……」

「で、きっとウミはそのあと噛んだことを後悔するかもしれないね」

「どうして？」

「なんとなく……バカみたいなことをしたなって」

マナブは笑った。

ワタルは真面目《まじめ》な顔で続けた。

「ウミはきっと、噛んでもジッとしていたこの犬は、もしかしたら自分よりも強いのかもしれないって考えるかもね」

マナブは嬉しそうな顔をした。

「そうかな？」

「うん。ウミは負けたのは自分の方だって思うよ」

マナブはまた笑った。

「凄い犬だね。ウミは」

「そりゃそうだよ」

「でも、ソラはきっと……」

マナブは遠くを見つめて言った。

「自分を噛むことをやめたこの犬の方が自分より強いって思うよ」

「そうなの？」

マナブは確信を持ってうなずいた。

「ソラはきっとそう思うよ」

「凄い犬だな、ソラは……」

二人は同じ銀河を見つめて微笑《ほほえ》んだ。

「ワタル。ソラはきっとウミのことを尊敬するよ。で、ウミもきっとソラのことを尊敬するんじゃないかな」

ワタルはうなずいて言った。

「それは投影だ」

「え？」

「お互いが相手に自分の姿を映し出して見てるんだ」

「……どういうこと？」

ワタルはまたケラケラと笑った。

「ねえマナブ。ウミとソラはもしかしたらボク達に似てるかな？」

マナブは少し考えてからうなずいた。

「たぶん。似てるんじゃないかな。かなり」

「だったらきっと二人は旅に出るね」

「そうか。ボク達に似てるならきっと、そうするね」

「でも、どこに行くのかな？」

「え？」

「ウミとソラはどこに行くんだろう？」

「……どこに？」

マナブがワタルの方を振り返ると、ワタルはジッとマナブを見つめていた。ワタルの目の中にマナブ自身が映っていた。

「……もしかしたら」

マナブは言った。

「ソラとウミは、ボク達を探しに行くのかも……」

「いいね！」

ワタルは喜んで言った。

「見つかるかな？」

「え？」

「ボク達。見つかるかな？」

「ははっ……どうかな？」

気がつくと、クジラはすでに動き出していた。さっきまで静止していたはずのワタルとマナブを乗せた船は、今は大きく尾ヒレを上下させ、体全体を波のようにしならせて銀河を泳いでいた。

「動いてる」

ハッとしてマナブが言うと、ワタルもうなずいて言った。

「ボク達も、ウミとソラを探しに行こう」

クジラは徐々に加速していった。止まって見えていた周りの星が少しずつ後ろに流れていくように見えた。

その時、ワタルとマナブは気がついていなかったが、クジラは発光していた。背中の上のワタルもマナブも光っていた。

その光は、太陽や星と同じ光だった。

それでいてその光は、この宇宙でたった一つのオリジナルの光だった。

複数の人間の思考から発せられるゼータ粒子は、それぞれは誰かの粒子だったが、互いの粒子同士が出会った瞬間、結合して一つのオリジナルの粒子になった。

宇宙は、光で満ち溢《あふ》れていた。それぞれの光は同じ光のように見えたが、一つ一つが別の思考を持つただ一つの光だった。

つまり宇宙は思考で満ち溢れていた。

ワタルとマナブは、自分達自身が、天馬博士の抱いた大きな問いに対する答えそのものであることに、全く気づいていなかった。

ワタルが言った。

「ねえ、キミ。今、女の子のこと考えてたでしょ？」

「え？　考えてないよ！……ボクは宝島のこと考えてたんだ。ボク達の目的地のこと。もしもソラとウミが見つかったら、一緒に探しに行けるかなって……」

「キミってやっぱりエロいんだね」

「どうしてそうなるの!?」

「おっぱいのことも考えてた？」

「考えてないよ！」

ワタルはケラケラと笑った。

クジラは更に加速し、光速を超えて先へ進んでいった。

ダーウィン

窓から晴れた午後の光が差し込んでいました。お母さんネズミは目の前のガラスに映る自分の姿を見て幼い息子のネズミに言いました。

「はぁ……ごめんよ。私は他のネズミと違ってみっともなくて、お前もさぞかし友達の間で肩身が狭いことだろうよ。かんべんしておくれ」

お母さんからそう言われた子供のネズミはキョトンとした顔で目を丸くしました。子ネズミはいつも不思議に思いました。

お母さんはなにをあやまっているんだろう？　ボクはちっともいやではないのにな。

確かにお母さんネズミは、自分でも言っているように他のネズミ達とはだいぶその様子が違っていました。お母さんネズミは他のネズミよりもずいぶん体が小さくて、体を覆《おお》う毛も薄くて、所々にチョポ、チョポ、としか生えていないのでした。その目もとてもとても小さくてゴミみたいで、みんなのようにピンと張ったヒゲもありませんでした。そのうえ、いつもハァハァと息を切らして、歩くのもエッチラオッチラと、ゆっくりしか歩けませんでした。

　でも子ネズミはそんなお母さんが大好きでした。みんなや自分のように毛むくじゃらで、尖《とが》ったヒゲがあって、大きくて、スタスタ歩くお母さんなんてとても考えられませんでした。

　子ネズミは、お母さんの毛の生えていない所のスベスベした肌触りが大好きでした。顔をよせても尖ったヒゲが当たってチクチクしたりしない頬が好きでした。お母さんはエッチラオッチラ歩くのでゆっくり二人で散歩できることがとても楽しいと思っていました。大人なのに、自分と同じように体が小さくて、一緒に転がり遊びが出来るのが楽しくてしかたありませんでした。そして豆粒みたいに小さくて、怒った時もちっとも恐《こわ》くならなくて優しいまんまのお母さんのゴミみたいな目が大好きでした。

　周りの友達たちはそんな子ネズミのことを「変なやつ」と言いました。お母さんネズミのこともです。

「お前の母ちゃん、あれでもネズミかい？」

「どうして俺達とあんなに違うのさ？」

　違うかな？

　子ネズミは言われる度に思いました。

　そう言われてみれば、うん。確かに違うけど、みんなだって、それぞれ違うじゃないか。

あの子はなんでもすぐ怒るし、あの子は泣き虫だし、あの子はいつも笑っているし、あの子は何も喋《しゃべ》らない。みんな違うじゃん。

でも友達は皆言うのでした。

「そういう違うのと違うんだよ」

何が違うの？

「そういう違うっていうことと違うんだ。もっとものすごく、違うんだ」

ものすごく違うってどういうこと？　みんながそれぞれ違うのと、ボクのお母さんが違うのと、なにが違うの？

友達は誰も答えられませんでした。子ネズミは思いました。

それならボクだって違う。ボクだけがお母さんをみんなと違うって思わないんだから。そう思わないのはボクだけなんだから。ボクだけがお母さんの素晴らしさを知っているんだから。だとすればやっぱりボクもみんなと違うんだ。みんなはお母さんを自分達と違うって言うけど、ボクはお母さんをみんなと違わないって思うんだから、きっとボクだけが違うんだ。お母さんとみんなを違わないって思うボクはお母さんを違うって思うみんなと自分は違うって思うけど、そのボクはみんなとお母さんを違わないって思うわけだから、やっぱりボクだけ違うんだ。

友達は子ネズミが言っていることを聞いていたらなんだかわけがわからなくなって、目が回りそうになって、ひっくりかえりそうになって、みんなそれ以上話すのをやめました。

ボクだけが違うんだ。ボクだけがお母さんが違わないことを知ってるんだ。

そう思うと子ネズミはとても得意な気持ちになりました。自分がみんなと違うことが誇らしかったのです。誰かと違わないことなど、出来っこないのに誰かと違うことを怖がるみんなが不思議に思えました。

そして何よりも自分達の違いなどは、あのガラスの向こうから見つめている存在と自分達との違いを比べたらとても小さなものでしかないことに思い当たりました。

この子ネズミこそが、人間とネズミとの違いを意識し思考した、世界で初めてのネズミとなったのです。

ガラスの向こうからジッとこちらを見つめているのは、人間でした。

大きな体に大きな目、時々不思議な形に動く口からは意味のわからない音が聞こえてきました。

「おはよう、ダーウィン。調子はどうだい？」

その不思議な口が言いました。

研究室の実験用マウスの飼育ケージの中にはたくさんのマウスがいました。

突然変異が進化のきっかけとなるならば、遺伝子操作によって人為的につくった突然変異体をマウスの集団の中に混ぜればどうなるのか。いずれ何世代かの交配を繰り返すうちに、特別に進化したスーパーマウスが生まれるのではないか。それが可能ならば、劇的に進化した新たな種を人工的につくりだすことが出来るのではないか。

それが教授の実験でした。教授はケージの中の一匹のマウスを見つめていました。それは突然変異体から生まれた〝ダーウィン〟と名付けられたマウスでした。

遺伝子を調べてみるとダーウィンは正常で、母マウスからの影響は何も受けていませんでした。他のごく普通のマウスと何ら違いは見いだせませんでした。

教授はダーウィンを見つめながら少しガッカリして溜《た》め息混じりに呟《つぶや》くのでした。

「私にとっては残念な結果だが、お前にとっては何の変哲もないマウスとして生まれてきたことのほうが良かったのかもしれないな……」

ダーウィンはジッとガラスのこっち側で教授を見つめていました。

その時、ダーウィンが考えていたのはこんなことでした。

この、ボクを見つめている生き物と、お母さんと、他のみんなとは、それぞれが皆全然違う。だからこそ面白いんだ。違うからこそ楽しいんだ。大切なのは違いの大きさじやないんだ。違うことそのものなんだ。

教授は微笑《ほほえ》んで言いました。

「どうした、ダーウィン？　なに不思議そうな顔してこっちを見ているんだ？」

空から降る白い雪

「シロ！」

ユキは玄関でシロを抱きしめた。シロは嬉《うれ》しくてユキの頬をペロペロとなめた。ユキはくすぐったくて笑った。

「シロは凄《すご》いわねぇ」

と、奥でママが言った。

「もうずっと前からそこでユキのことを待っていたのよ」

シロは、どんなに離れていてもユキの足音はそれとわかった。だから少しでも足音が聞こえると、ピンと尻尾《しっぽ》を立てて一目散に玄関へ駆けだしていくのだった。

ママはいつも、「シロ、ユキはまだ帰ってきてないわよ」と言ったが、必ず少しすると、ユキが帰ってくるのだった。

「ありがとう、シロ」

ユキは誇らしげに言った。シロはますます嬉しくなってユキの頬をなめた。

ユキの笑い声は、シロの宝物だった。

シロは片時もユキのそばを離れたくないと思っていた。

シロは時々家の中の誰にも見つからない場所に隠れることがあった。ユキに自分の名前を呼んでもらいたかったからだ。そうすると必ずユキは「シロ？」と呼んでくれた。呼ばれたとたん、シロはダッシュでユキのもとへ飛んでいった。

ユキは毎日シロを散歩に連れていってくれた。シロにとってこの散歩の時間が一日の中で一番楽しい時間だった。

――この時間が永遠に続けばいいのに――

でも公園の外灯が点《つ》きだして、子供達がだんだんといなくなるとユキは、「シロ、そろそろ帰ろう」

と言うのだった。

――もっと遊ぼう！――

シロは叫んだが、ユキには聞いてもらえなかった。

――このままもっと遠くに行ければいいのに。そうすれば今まで見たこともないものが見られるかもしれない。そこには生まれて初めて見る花が咲いているかもしれない。それは今まで嗅《か》いだことのない匂《にお》いがするかもしれない。その先には、もっと大きな広場があるかもしれない。そこには今まで会ったことのない子供達が遊んでるかもしれない――

シロは、ユキと二人で走ったり、驚いたり、笑ったりする時間がもっと続いてほしかった。

――もっと遊ぼう！――

シロは叫んで首輪のひもを引っ張って抵抗した。そうすると決まってユキはしゃがんでシロの頭を撫《な》でながら、

「ね、シロ。もう帰ろ」

と言った。

――ボクがユキを好きなほどユキはボクを好きじゃないのかもしれない――

シロは自分の世界がとても小さな世界に思えた。シロの小さな世界ではユキが全《すべ》てだった。でもユキの世界はもっと大きいように思えた。ユキの大きな世界では、シロはほんの一部にすぎないように感じた。シロは全身でひもを引っ張ってみたが、それはユキにとってとても弱い力だった。

ユキは皆の人気者だった。

パパもママもユキのことが好きで、ユキもパパとママのことが好きだった。

リビングルームでは時々、ユキはシロがいることも忘れて楽しそうにパパとママと話すこ

とがあった。

——ユキ！——

シロが呼ぶとユキは、「どうしたの、シロ？」

——ボクを忘れないで——

ママは笑って言った。

「シロは焼きもちを焼いてるのよ」

「ごめんねシロ」

そう言うとユキはシロを撫でてくれた。シロはユキの笑い声が聞きたくなって頬をなめた。

朝になるとシロは決まって、ユキを起こした。

——起きて！——

ユキは起きるとすぐにシロを抱きしめてくれた。でもその後、少しすると学校に行ってしまうのだった。

「シロ、行ってくるね」

——もっと一緒にいたいよ——

でも、シロの願いが届くことはなかった。

ユキが学校に行ってしまうと、シロはジッとしてユキの帰りを待つのだった。

ユキは時々、帰ってきてもすぐに出かけてしまうことがあった。

──ユキ！──

シロが呼ぶとユキは必ず抱きしめてくれた。

「ごめんね、シロ。あとで遊ぼうね」

そう言うとユキは友達の家に遊びに行ってしまうのだった。

──待ってよ！──

ユキはシロに手を振ると行ってしまった。

そんな時、シロは自分の世界とユキの世界が繋《つな》がってるとは思えなくなるのだった。

──同じ世界のはずなのに、ボクとユキの世界は何かが違う。きっと違う、ボクの世界は小さい世界だ。ボクの力は弱い力だ──

シロはユキの笑い声が好きだったが、自分が笑うことは出来なかった。

ユキの世界とも、ママの世界とも、パパの世界とも、自分だけが違う気がした。

──ボクはユキとずっと一緒にいたいのに、ユキはそうではないのかな？──

「ただいま、シロ」

ある日、ユキが友達の家から帰ってきた時、シロはドアのすき間から飛び出した。

「あ！　ダメ！　シロ！」

シロは思いきり走った。ユキを試してみたくなったのだ。

「待って！　シロ！」

後ろから声が聞こえた。その直後。

キキーッ！　バン！

大きな音がして振り返ると、ユキが車の前で倒れていた。

――ユキ！――

シロは足がすくんだまま動けなくなった。

〇

ユキがこの世界から消えてしまってから、シロを散歩に連れ出すのはママの役目になった。

ママは時々公園の前に来ると立ち止まったまま動かないでいることがあった。

そんな時は、シロも同じように公園の誰も乗っていないブランコをずっと見つめたままになった。

「さ、もう帰ろうか、シロ」

そう言うママの目は決まって濡《ぬ》れていた。

あれ以来シロは散歩の途中で帰ろうと言われても絶対に逆らわなくなった。ユキがいた頃のようにもっと遠くまで行ってみたいと思うことがなくなった。むしろ、早く家に帰りたいと思うことが多くなった。これ以上先へ行っても何も見つからないと思うようになった。シロは泣くことすら出来なかった。いくら悲しくなってもママのように目が濡れることはなかった。

ママを見つめていて、シロは唐突に気がついた。

——ユキがママを好きだったのと同じように、ボクもママが好きだった——

「寒いね、シロ。早く帰ろう」

ママは歩きながら言った。

——ユキがパパを好きだったのと同じように、ボクもパパが好きだった——

公園の子供達もそれぞれ家に帰っていった。

——ユキが友達を好きだったのと同じように、ボクだって他の子供達が好きだった——

帰り道の途中に花が咲いていた。

——ユキがボク以外の世界も好きだったように、ボクだってユキ以外の世界も好きだった。花だって、公園だって、その先の世界だって好きだった。ボクだってそうだった。なのに、どうしてボクばかりがユキを好きだなんて思ったんだろう。ユキもボクを好きだったのに。

きっと、ユキの方がボクよりも多くボクを好きでいてくれたのに――

「あっ」

ママが小さく叫んで立ち止まり、空を見上げた。雪が降ってきた。

「寒いはずね。シロ、早く帰ろう」

シロはいつかの雪の日、朝から暗くなるまでずっと、ユキと二人で遊んだことを思いだした。ユキも、シロも、雪が好きだった。

シロは、自分の小さな世界と、ユキの大きな世界が関連していることを確かめたいと思って、あの日ユキから逃げたのだった。自分が逃げたらユキがどうするか知りたかった。シロの世界とユキの世界は確かに繫がっていて、だからこそ、ユキはこの世界から消えてしまった。こんなことなら繫がってない方が良かったと思った。

シロはジッと空を見上げた。もしかしたらあの向こうの世界に、ユキがいるのかもしれない。

明くる日、シロは家を出た。

行くあてもなく、一人で歩いていると、

「ユキ」

と呼ぶ声が聞こえた。

シロがハッとして見ると、そこに、一人の少年がいて、シロを見つめていた。

――ユキのことを知ってるの？――

「え？　ユキって？　ボクはキミのことを雪みたいだと思ったんだよ。体がまっ白だったから、一瞬雪だるまが歩いてるのかと思ったんだ」

シロは思わず首をかしげた。今までこんなことはなかった。なぜこの少年には自分が思っていることが伝わるのか、不思議だった。

「誰か探してるの？」

と少年が言った。

――探しているのかな？――

シロは自分がどうして家を出てきたのかわからなかった。ただ、あの家にはもういられないと思ったのだ。

「ボクも、どこにもいられないと思うこと、あるよ」

シロは、その少年と一緒にいようと思った。

少年は笑って言った。

「ねえ、キミはまるで雪と一緒に空から来たみたいだからキミのこと、ソラって呼んでもいいかな？」

——ソラ？——

「なかなかいい名前だと思わない？」

——うん。いい名前だと思う——

少年は嬉しそうに言った。

「ボクはマナブっていうんだ。よろしくね、ソラ」

こうしてその日、シロはソラになった。

玉子太郎〜首相はつらいよシリーズ２

むか〜し昔、あるところに、村人全員がとってもお腹《なか》をすかせた、腹ペコ村がありました。食べ物がなく、村人はみんな元気がありませんでした。この先農作物がたくさん育つあてもなく、みんなやる気を失っていました。

ある時、腹ペコ村の領主様は、みんなに元気になってもらおうと、村人全員に、お団子を一つずつ配ることにしました。

「団子一つで元気になるかよ！　バカにすんな！」

村人は口々に言いました。それでも領主様はお団子を配りました。

正直者のお爺《じい》さんやお婆《ばあ》さんは、お団子をとってもありがたがりました。

「勿体《もったい》なくて、とても食うことなんて、出来やしねぇよ」

古い年寄りはみんな口々にそう言いました。

あるお爺さんは、そのお団子をお地蔵様にお供えしました。あるお婆さんは神棚に置いて毎日拝みました。

「ありがてぇこって、ありがてぇこって」

誰もお団子を食べないので、村はちっとも元気になりませんでした。

領主様は、自分でも一つお団子を食べてみました。

あまり美味《おい》しくありませんでした。

もともとへの字の口がますますへの字になりました。


ある時、お婆さんが川で洗濯をしていると、川上から大きな玉子がドンブラコッコ、ドンブラコッコと、流れてきました。

「うわぁ、ぶったまげた！」

お婆さんは玉子を持ち帰りました。家でお爺さんと割ってみると、中から元気な男の子が生まれました。

「え？　ヒヨコじゃなくて？」

と思いましたが、二人はそれでも喜んで、その子に玉子太郎と名付けました。

ある日玉子太郎は言いました。

「鬼退治に行ってくる！」

「とんでもねぇ！」

　と、お爺さんは叫びました。

「鬼とは、今はうまくやっているんだ。大体お前があの鬼達に敵《かな》うわけねえだろう。それに、この村は鬼に守ってもらってるんだ。鬼ヶ島があるからこそ、我々は安心して暮らせるんだ。波風を立てるんじゃねえ！　それより、今は鬼達も腹をすかせて元気がないらしい。鬼ヶ島に行くならこれを持って行ってやってくれ」

　そう言うとお爺さんはもらったお団子を玉子太郎に渡しました。

「これあげちゃうの？」

　玉子太郎は言いました。

「わしのも持って行っておくれ」

　と、お婆さんももらったお団子をそっと差し出しました。

「なんだかなぁ……」

　玉子太郎は口をへの字に曲げました。

　自分の分も入れて三つお団子を持った玉子太郎は鬼ヶ島へと向かいました。

途中、犬が家来になりました。

しばらく行くとパンダがいました。

玉子太郎はお団子を差し出し、

「これから鬼ヶ島に行くんだけど、俺の家来にならねえか？」

と聞きました。

「……家来？」

とパンダは言いました。

「俺が？　お前の？」

パンダは玉子太郎を見下ろしました。

パンダはジャイアントパンダでした。

「それよりお前が俺の家来にならないか？　鬼となら直接話すし……」

そう言うとパンダは冷凍の肉まんを差し出しました。

「ホラ、遠慮しないで食え」

「げっ……」

玉子太郎はパンダを家来にするのを諦《あきら》めました。

しばらく行くと今度は、白クマがいました。

「おい、お前俺の家来にならないか？」

「冗談じゃねえよ」

見かねた犬が玉子太郎に言いました。

「もう野生の動物を家来にしようとするのは、やめた方が良いよ。彼らは君達に嫌気がさしてるんだ。僕はうまく君達と付き合ってるけど、でも僕も今や家来って感覚じゃないしね」

「まあ、しょうがねえか……」


鬼ヶ島に着くと、鬼達は玉子太郎の持ってきた団子をアッという間に食べちゃいました。

鬼の親分は青鬼で初めて親分になったという鬼でした。

「鬼ヶ島は変われるんだ！　俺達は出来る！　俺達は出来る！」

「わー！　わー！」

他の鬼達は盛り上がりました。

その親分の青鬼が言いました。

「ありがとう。もし、まだ団子が余ってるなら、もう少し持ってきてくれないかな？」

「……なんだかなぁ」

帰り道、玉子太郎は、ふと自分の背中を見ると、羽が生えていました。

「やっぱり僕は鳥だったんだ！」

嬉《うれ》しくなった玉子太郎は、空に舞い上がりました。

そのまま村に帰る気にもなれず、玉子太郎はしばらく空を飛んでいました。

「いつかは村に帰らなきゃだけど、あともう少しだけ、こうして飛んでいよう」

玉子太郎はそれ以来、村に帰ってきませんでした。

ピーター・パン

夕暮れの古ぼけた喫茶店。

男はコーヒーをすすり、記者に話し出した。

「ピーター・パンの話って知ってる？　いや、ディズニーのじゃなくてね。原作。ジェームズ・バリの。知らないだろ？　そうなんだ、意外とみんな読んでないんだよ。これがさ、アニメと違って残酷で悲しい話でね……」

男はタバコに火を点《つ》けると話を続けた。

「実はピーター・パンってのは、生まれそこねた赤ん坊なんだ。……生まれそこねたっていうのはどういうことかっていうと……ちょっとややこしいんだけどね。ロンドンのケンジントン公園の池の真ん中に小さな島が浮かんでるんだ。ピーター・パンはそこで生まれたっていう設定なんだ。いや、ピーター・パンだけじゃなくて、その物語の中ではね、人間の赤ん坊はみんな最初はその島で、小鳥として生まれるってことになってる。変だろ？　最初は小鳥なんだ。他の動物もそう。で、その中で人間になるのはツグミの小鳥だ。……で、その島にソロモンっていう名の老人がいてさ、その老人が子供が欲しいと願っている母親の元に小鳥を送ってるんだ。ソロモンは何でも知ってる。ま、言ってみれば赤ん坊のことを取り仕切っている主みたいな存在かな。で、ソロモンによって小鳥として母親の所に飛んで行かされた赤ん坊は、赤ん坊のうちは自分が小鳥だった記憶がかすかにあるから、みんな公園に飛んで帰ろうとするっていうんだ。でも、窓が閉まっていたりして帰れないでいるうちにだんだんと成長すると自分が小鳥だったことを忘れていくんだな。そうすると徐々に飛ぶ力を失って人間になるんだ。自分が飛べるかどうか、迷ったら最後、飛べるという自信を失い永遠にそれが出来なくなる、それが人間になるということだっていうんだ。つまり小鳥だった頃の記憶を失うことによって、人間は人間になるんだ。……変わった話だろ？　うん、変わった話なんだ」

男は、フーッとタバコの煙を吹き出すと、水を一口飲んで続けた。

「でね、そのピーター・パンなんだけど。ピーターも一度はみんなと同じように小鳥として母親のもとに飛んでいって人間の赤ん坊になるんだ。でもさ、まだその時は自分が鳥だって信じてる。で、たまたま窓が開いていたんだな。公園が懐《なつ》かしくなって窓から飛んで戻っちゃうんだ。自分が生まれたあの小さな島にさ。するとそこでソロモンに見つかって言われるんだ。『戻ってきてしまったお前はもう人間でもなければ、鳥でもない、中途半端《はんぱ》なものになるんだ』って。ピーターは悲しくなってね、ソロモンにお母さんの所に帰してほしいと頼むんだ。で、その頼みを受け入れてもらう」

　男は記者の顔色をうかがうように見た。

「ここからが切ない話なんだけどね。ピーターが戻ってくると、母親はベッドで寝ているんだ。ピーターを失ったことでとても悲しそうな顔をしているんだな。ピーターはそこで『お母さん』って呼べば赤ん坊に戻れたはずなんだ。だけどなぜか呼ばないんだな。いわゆる二心ってやつなんだ。迷うんだ。このまま母親のもとへ帰ろうって気持ちと、やっぱり公園での楽しい生活も捨てきれないって気持ちの間で迷う。その時母親が目を覚まして『……ピーター？』って呟《つぶや》く。ピーターは息を殺して見つからないようにするんだ。すると母親は何も言わないまま、また小さい寝息を立て始める。見ると目からは涙が流れている。それを見たピーターは母親のもとへ帰る決心をするんだ。ただ、その前に仲間達に別れを告げる為《ため》に公園に戻ってしまうんだ。……バカだよな。全く、そのままいりゃあいいものをさ……」

　男は呆《あき》れたように笑って首を振った。

「公園でしばらく過ごして皆に別れを告げたピーターは再び母親の所へ戻ってくる。ところがその時には窓は閉まっていて、おまけに鉄格子《てつごうし》まではまってるんだ。中に入れないんだよ。

窓の中では母親が別の赤ちゃんを抱いて眠ってるんだ。ピーターは『お母さん』って何度も呼ぶんだ。でもそれは届かない。何度も呼ぶけど届かないんだ。ピーターは泣きながら公園に帰る。人間になることをあきらめるんだ。こうしてピーター・パンは誕生する。人間でも鳥でもない、ずっと子供のままの、人間と鳥の間の半端物としてさ」

男は短くなったタバコを消すと、次のタバコに火を点けた。

「どうだい？　聞いてみると残酷な話だろ？　ディズニーのやつみたいに純真で明るいだけの話じゃないんだ。どちらかというと暗い話だよな。……うん、暗い話なんだ。あんまり子供に聞かすような話じゃない。でも俺は小さい頃にこの話を聞いて凄《すご》く勇気づけられたんだ。俺達赤ちゃんポスト出身者はね、大抵養護施設の先生にこの話を聞かされて言われるんだ。『君達はみんなピーター・パンなんだよ』ってさ。そう言われると嬉《うれ》しかったもんだよ。母親に閉め出されたピーターに親近感が湧《わ》いてさ。ああ、そうか！　俺達はピーター・パンなんだ！　って。ヒーローなんだ！　って。その気になりゃ空でも飛べるんだ！　ってね。もう親のことなんか忘れてこのままネヴァーランドで自由に暮らそうじゃないか、って、興奮したもんだよ」

男は懐かしそうな顔をした。

「でもさ。当時俺達の仲間で一人だけこの話に反発したやつがいてさ。……物凄い剣幕で怒ってね。それこそ猛反発だった。先生や喜んでいる俺達に向かって真っ赤な顔で言った。『お母さんのことを忘れるなんて絶対ダメだ！　お母さんは後できっと迎えにくる。だからお母さんにそのチャンスをあげなきゃダメだ！　一度だけだ。たった一度だけ、チャンスをあげなきゃダメだ！』ってやたらと言うんだ。俺達も大人達もポカンとしちゃってさ。……何で一度だけなのか、あの時はわからなかったけど……あいつの真剣な目は今でも忘れられないよ……」

　遠くを見つめて話していた男は記者を見た。

「……で、そいつ次の日いなくなってた。蒸発っていうのかな、煙みたいに、消えちまったんだよ。朝メシの時にそいつがいないって気がついてさ、大騒ぎになって施設中みんなで探したんだけど、トイレにも風呂《ふろ》にも庭にもどこにもいなかった。警察呼んで近所も探したんだけど結局見つからなかった。ああいう施設だからね。脱走っていうのは珍しくなかったんだ。たまにいるんだよ、いなくなっちゃうの。でも子供のことだからね、ちょっと探せばすぐ見つかるんだ。どんなに遠くまで行ったってたかがしれてる。せいぜい隣の町の公園でベソかいてたりさ、一日たつとどこにも行き場がなくなってひょっこり自分から帰ってきたりするもんなんだ。ところがあいつはそれ以来帰ってこなかった。大人達は誘拐じゃないか？なんてさ、しばらく騒いでたけど、へっ、俺達誘拐したってしょうがないからね。親のない子供誘拐するバカいないだろ？　身代金《みのしろきん》取れるわけでもないんだから……」

男は面白そうに笑っていたが、やがてふと真面目《まじめ》な顔になった。

「あいつの部屋の窓が開いてたんだ。……高いところにある窓でね。子供じゃとても届かないような位置にある窓なんだよ。みんなであいつを探している時に俺は気がついたんだ。あいつの部屋、二階だったんだ。他の窓は全部閉まってた。逃げられないように……っていうか子供だからね、落ちたりしないようにっていう配慮なんだろうけど、それこそ鉄格子じゃないけど柵《さく》があって……でも一箇所だけ、ほら、高い位置にさ、よく明かり取りみたいな窓があるだろ、その一個が開いてたんだ。小さな窓だよ。ちょうど子供一人通れるぐらいのね。……あれ？　ひょっとしてあいつあそこから逃げたんじゃないかな？　なんてさ。俺は思ったんだ。……もちろん思っただけで誰にも言わなかったよ。バカにされるのわかってたしね。二階だし、高い窓だしさ。空でも飛べなきゃそんな所から逃げ出せるわけないんだ。……空でも飛べなきゃさ……あ、ちょっとお姉さん」

男はウェイトレスを呼んで「もう一杯いい？」と記者に確認すると「コーヒー」と頼んだ。

「へっ……変なこと考えてるなって思ってんだろ？　わかるよ。俺だってバカな妄想だと思うよ。だから今まで誰にも言わなかったんだ。……っていうよりそんなことすっかり忘れてたよ。今回の騒動がなけりゃきっと一生思い出さなかった」

男がテーブルの上に目を落とす。そこには新聞記事の切り抜きが置いてあった。見出しにはデカデカとこう書かれている。〝消えた子供達!?〟

ここ数ヶ月、全国の養護施設から大勢の子供達が一斉に、まるで神隠しにあったように失踪《しっそう》するという事件が相次いでいた。施設も警察も必死になって捜索していたがいまだに子供達の足取りはつかめず、何の手がかりもなく事件は連日報道を賑《にぎ》わし社会問題になっていた。当然誘拐ではないかと疑われたが、最初の失踪から何ヶ月たっても犯人と思われる人物からの電話すらなく、何より失踪した子供の人数が何百人にも及ぶにつれて特定の誰かの犯行とは考えにくいとされた。かといって他に理由をあげられる者もなく、依然某国による集団拉致《らち》、あるいは地下組織による臓器売買を含む人身売買を目的とした誘拐の可能性も考えられたが、それにしてはあまりにも大胆で大規模すぎる事象に見えた。最初の失踪からこれほどの時間がたっても何一つ犯罪の痕跡《こんせき》が見つからないのはあり得ないことに思われ、社会は困惑するばかりだった。そんな中、連日のようにどこかの養護施設で新たな子供達が集団で忽然《こつぜん》と姿を消すという事件が起こり続けていた。

「この写真を見た時、俺は凍り付いたんだ」

男の言う写真とは新聞に載った行方不明の子供達の顔写真だった。男が指さしたのはその中の一人の少年。最初に失踪事件があった養護施設のメンバーの一人だった。小さくてハッキリとはわからないが、少年はキッと、こちらを睨《にら》み付けているように見えた。

「……間違いない、これはあいつだよ。あの時のあのまんまのあいつだ。……ああ、わかってるよ。まさかって俺も思ったよ。そんなはずはないってさ。俺があいつを最後に見たのは20年以上も前だ。その時のあいつが子供のまま今もいるわけがないって言うんだろ？　たまたまよく似た子供だろって、でも違うんだ。……この目だよ。この目は忘れようがないんだ。ピーター・パンの話に反発した時と同じ目だ。これはあいつだ。俺は確信してるんだよ」

写真の少年はあどけない顔だったが、大きな黒い瞳《ひとみ》だけは不釣り合いなほど大人びていて圧倒的な怒りをこちらに向けているようだった。一度見たら忘れられない。確かにそう思わせる目だった。

男はコーヒーをズルズルとすすり、また新たなタバコに火を点けた。

「……きっとこの一連の騒動はあいつが引き起こしてる。俺がアンタの所の雑誌に連絡したのは、今回の書き置きの記事を見たからだよ」

書き置きの記事とは、子供達が失踪した養護施設からメモのような手紙が見つかっていたというスクープだった。それは、情報が少なく何の手がかりもつかめていない状況の中で唯《ゆい》一《いつ》の物的証拠となりうる手紙であった。〝お母さんへ〟と宛《あ》てられた手紙を開くと中にはこう書かれていた。

〝あなたたちは、最後の機会を失った〟

誰が何の目的でそれを書いて置いたのか。世間ではさまざまな憶測が飛び交っていた。消えた子供達自身が書いたものであるという意見も、子供達を連れ去った何者かが事件を混乱させる為に残したものだという意見もあった。この手紙の存在によって事件の謎《なぞ》は今まで以上に深まったような印象だった。

「赤ちゃんポストはさ……」

と男が言った。

「設置されてもう30年以上たつんだよ……俺がもう30歳超えてるわけだからさ。設置された当時は賛否両論あったみたいだね。いやまあ、今でもそうだよな。特にこういう事件が起きたりするとさ。そりゃいろんな意見が出てくるだろうと思う。子供を捨てる親は増える一方だしね。今回消えちまった子供はみんな捨てられた子供ばっかりだ……いや、批判しているわけじゃないんだよ。俺はポストに感謝している。あれがなきゃ俺なんか殺されてたかもしれないしね。どこで何してんだか知らないけど、どうせ俺の母親なんてロクでもないんだろうからさ。へへっ……」

男は笑った。

「今の俺は幸せだよ。養護施設の先生達にもよくしてもらった。俺は今後もポストは絶対に続けるべきだと思ってる。ただ、そういうことじゃなくてね。……消えた子供達のことを、もう探さなくてもいいんじゃないかって思うんだ。……というより、探しても無駄じゃないかってさ。あんなふうに消えちまった子供は、もう見つからないんじゃないかなあ。あいつもそうだったんだよ、消え方がさ、ようは、なんていうか……鳥みたいにさ……俺は、あいつがもしこの騒動に関わってるんなら……つまりあいつがみんなを連れてってるならね、もうきっと戻らないだろうって思うんだ」

男は二杯目のコーヒーを飲み干した。

「あ、そうだ、書き置きのことだよな。……うん、あの書き置きを見て俺はそう思ったんだ。『最後の機会を失った』って書いてあるだろ。あの言葉、どっかで聞いたことあるなって思ったんだよ。で、今回俺はジェームズ・バリの『ピーター・パン』を読み返してみたんだ。っていうか、子供の頃には養護施設の先生に読み聞かせてもらっただけだからさ。厳密に言えば自分で読むのは初めてみたいなもんだよ。……うん。20年ぶりぐらいにさ、あの物語に触れたっていうかね、懐かしかったよ。そしたらさ、中にこんなセリフが出てくるんだよ。……ピーターが母親の所に二度目に訪れた時、窓に鉄格子がはまっていて、中には他の赤ん坊がいて入れない。それで泣きながら島に帰ったピーターにソロモン老人が言う言葉だ。当時施設の先生も読んでくれたはずなんだけどね、まあ、子供にはちょっと難しい言葉だった。

だから俺は憶《おぼ》えてなかったんだよ」

男は文庫本を取り出すとページをめくり、その箇所を指し示した。ソロモン老人の言葉はこうだった。〝私たち大抵の者には、好機は二度と来るものではない〟

「鳥と人間の半端物になってしまったピーターに老人はこう言うんだな。確かにそう言われればピーターには一度はチャンスがあった。人間になれるチャンスが。でも自分でそれを逃しちゃうんだ。チャンスは一度だけだったんだな。でも逆に言えば一度だけ、チャンスはあったってことだ。……あいつは……ああ、20年前にいなくなったあいつだよ。必死で言ってた。『お母さんに一度だけチャンスをあげなきゃダメだ』って。書き置きに書いてあった最後の機会ってのは、たった一度だけのチャンスのことだったんじゃないかな。ピーター・パンは自分も与えてもらったチャンスを母親にも与えてたんじゃないのかな。……なんていうか……ずっと、母親が迎えに来るのを待っていた。でもここへきてそれが失われた。もう待てる時間がなくなった。俺はあの書き置きを見て、そういうメッセージじゃないかって思ったんだよ。俺の中であいつと、この事件と、この本が、全部繋《つな》がっちゃったんだよ。もちろんただの考えすぎだって言われりゃそれまでだけどね」

男はタバコを消すと本をしまいながら言った。

「別にどう書いてくれてもかまわないよ。信じてくれって言ってるわけじゃないんだ。……

っていうか信じられるわけないよな？　ピーター・パンが実在するなんて。……物好きの妄想だって受け取ってもらってもいいんだ。俺は誰かに話したかっただけなんだ。こんなバカげた話に最後まで付き合ってくれて嬉しかったよ」

席を立つと男は最後に言った。

「……ああ、消えた子供達が今どこにいるのかって話だけどね。もしも俺の思っていることが正しければ、心配いらないよ。……そこはおそらく子供達にとってぴったりな場所だ。そうとう楽しい所だよ……言ってみりゃ、そこは、ネヴァーランドだからね」

出来損ないのヒーロー

　画面に映し出されたのは、奇っ怪なテーマパークだった。いや。テーマパークと言うよりも遊園地、あるいはただの公園と呼んだ方が近いかもしれない。今後の数年で、おそらく世界最大の経済国家として躍進するだろうとされ、〝脅威〟と呼ばれるその国の、実態の一部がそこに露呈しているかのようだった。

　カメラは次々と、園内を歩いているいろいろな動物のキャラクターの着ぐるみを映し出していった。

　そこに、軽いトーンのナレーションが入る。

「子供達に人気のこのキャラクター。一見誰にでもお馴染《なじ》みの、あのキャラクターのようですが……」

　カメラはその着ぐるみの背中の綻《ほころ》びを映し出した。それはまるでハリボテのようで、所々繕ってあった。ナレーションが入った。

「どうも、悲惨な状態のようです。……そして前に回って顔を見てみると……」

カメラが前に回り込んで着ぐるみの顔を映し出した。それは、リボンをつけた小さなネコのキャラクターだったが、そのヒゲが縮れていた。

「ええー？　こんなにヒゲが縮れてましたっけ？……」

カメラは更に別のキャラクターを映し出した。ナレーションが言う。

「こちらは、まさか。あの世界一人気のあるあのキャラクターですか？……あれ？　こんな目でしたっけ？」

そのネズミのキャラクターは、目が少し離れすぎていて、瞼《まぶた》が被《かぶ》さっていた。

「ちょっと眠そうですね……」

キャラクター達はみな、どこかで見たような顔をしていた。どこか別の国の人気キャラクターのようだが、でも、少し違うようでもあり、チグハグな出来損ないの印象だった。

出来損ないはそのテーマパークだけじゃなかった。

その国では、どこかで聞いたことのあるような音楽が流行し、どこかで見たことのあるようなメーカーのロゴマークが入った電子機器が売れ、どこかで食べたことがあるようなお菓子や、食品が食べられていた。

世界中から〝脅威〟と恐れられているその国は、それを見る限り、出来損ないの国にしか見えなかった。

「このテーマパークの広報担当の男性に聞いてみました」

とナレーションが言うと、男がカメラに向かって怒ったように話し出した。画面の下にそれを翻訳した文字が出る。

「あのキャラクターは、当園オリジナルのキャラクターです。〝耳の大きなネコ〟と、〝寝ぼけまなこのネズミ〟です。決して模倣ではありません」

男はとても不機嫌そうにその国の言葉でまくしたてた。

「……とのこと。それでもキャラクター達は、子供達にとても人気があるようでした……」

カメラは、出来損ないの着ぐるみに抱きつく子供達を映した。

VTRは、そこで終わった。

「……うーん。……なんとも、笑い事ではないんですけどね……」

と、キャスターの柴田友広は、苦笑いをしながら溜《た》め息をつくと、

「それにしても、あそこまでやられると、笑わざるを得ないですね。……いかがですか、杉山さん？」

と、ニュース解説員の杉山に問いかけた。

「はい。当然こういった問題は今後ますます出てくると思います。いわゆる知的財産権、知

的所有権。例えばアイデアであるとか、デザイン、楽曲のメロディというような、いわゆる無形のものに関する権利というものを何を以て線引きし、どこのラインから先を盗作とするか、というのは難しいことですね」

「確かにね」

「まず先にそちらの基準を明確に作ること。法整備を早急にする必要があります。このままでいけば……言葉は悪いですが……パクったもん勝ち、といった状態になってしまうわけですから……」

「まさに一大盗作天国ということですね」

「その通りです。ですからそうなってはならない。しかし、そういった法整備をするには、社会自体が成熟していなければ出来ません。残念ながら、現時点ではあの国の社会がそこまで成熟しているとは言えないということが一点……」

「……うーん、確かにね。それにはまだ時間がかかりそうですね」

「それともう一点は……実はこちらの方が大きな問題ですが……こういった、いわゆる模造品文化というものが、大手を振ってまかり通ってしまう社会であるということ。これは裏を返せば、その国固有のオリジナルの文化というものを発信しにくい社会であるということでもあります。……これは長い目で見た場合、その国のオリジナリティというものを、徐々にですが、消し去ってしまうという危険性があります。こちらの方がダイレクトにその国の文化に与える影響としては心配ですね」

「なるほど。それはそうかもしれませんね。……あのテーマパークで、あの着ぐるみに飛び付いていた子供達が、大人になった時に、自分達が大好きだったキャラクターが実は偽物《にせもの》だったと知った時、果たしてどう感じるのか？　その時、本当に自分の国に対して誇りを持つことが出来るだろうか？　それを考えると、切なくなりますね」

「本当ですね」

柴田は溜め息をついた。

「……はい。ということで、今日の特集でした。解説は杉山さんでした。どうもありがとうございました」

「ありがとうございました」

番組は次の話題に移った。

柴田が帰宅すると、息子の正はリビングのソファーでゲームをしていた。

「ただいま」

「……おかえり」

正はゲーム画面から目を離さないまま言った。

「今日のニュースの遊園地、面白かったね」

「ん？」

正は相変わらずゲームをしながら言った。

「あのインチキの遊園地の〝耳の大きなネコ〟とか、〝寝ぼけまなこのネズミ〟とかさ。面白かった。あのキャラクターグッズほしいな」

正は中学一年生で、生意気盛りだった。

「ああ。おかえりなさい」

キッチンから出てきた妻が言った。

「おう……ビールだけくれ」

正に言いかけた言葉を飲み込んで柴田は妻にそう言った。

毎日、生放送の後スタッフとの反省会を兼ねた軽い食事を終えて、柴田が帰宅するのはいつも深夜になった。その時間、大抵正は部屋にこもっていて、こうしてリビングで顔を合わす機会は珍しかった。

正は、報道記者の息子ということもあってか、普通の子供よりは知識も豊富で冷静な所もあると、柴田は感じていた。ただその分少しひねくれて物事を裏側から見るような傾向があった。

最近は親子の会話も減り、柴田の出演している番組について正が感想を言うなどということはほとんどなかった。男同士の親子なんてこんなものだろう、と柴田は自分を納得させていたが、わざわざ今日、自分が批判的に取り扱った題材について、敢《あ》えて「面白かった」と、肯定的に言ってきた部分が少し引っかかった。

反抗期とまではいかないかもしれないが、何か父親に対する異論のようなものがそこに含まれている気がした。

その一方で息子が自分の番組を観《み》ていてくれたことが意外で嬉《うれ》しい気持ちもあった。難しい年頃ということで、正のことを扱いあぐね、教育は妻にまかせっきりにしている部分があった。ここの所ゲームばかりしている正が、普段何を考えているのかわからず、不安になることもしばしばで、父として息子に何を話しかければいいかわからないと感じてもいた。

もしかしたら、こんなことから会話の糸口が掴《つか》めるかもしれない。

柴田は妻がテーブルに置いたビールをつぎながら言った。

「……あんなもの。何が面白いんだ」

「面白いじゃん。良く見ると可愛《かわい》いし、本物より流行《はや》るかも……」

正はゲームをしながらそう呟《つぶや》いた。

「……ふん。そうかね？」

柴田は少し笑って言った。

「正、いつまでもゲームしてないで、寝なさい」

キッチンから妻が言った。

「うん……」

聞いているんだかいないんだか、わからないような表情で、正が答えた。

「……なあ、正。いくら面白くても、それが人のものを真似《まね》たものだったら仕方ないと思わないか？」

「……どうかな、わかんない……面白ければいいよ」

正はゲーム画面から目を離さずそう言った。

模倣は、あの国の後進性と厚顔さを象徴している、柴田はそう思っていた。

長年、ジャーナリストとして世界を見つめてきた柴田は、あの国にも何度も足を運び取材してきた。

あの出来損ないのテーマパークは、まさに現在のあの国そのもののようで、柴田は見ていて腹が立った。しかしその腹立ちは、自分なりの隣国を思う愛情であるという自負もあった。

……あんなことをしていて、世界に追いつけると言うのか？　たとえ、あのまま成長出来たとしても、自分の国に対する誇りを持てる筈《はず》がないではないか、と、柴田は感じていた。本当の意味で世界と対等に渡り合う国になってほしいと、そう思うからこその腹立ちであった。

正には、本物と偽物を見分ける目を養ってほしい、と、思っていた。将来についてああしろこうしろと、ことさら言うつもりはなかった。自分のやりたいことをすれば良い。そういう意味では自分は物わかりの良い方の父親だと思っていた。

正が自分の将来を見つける為《ため》の選択肢は出来る限り用意してやる。その環境も整えてあるつもりだった。もしそれでも見つからなければ何年間か遊ばせてやるつもりもあった。こういう時代である。若い頃は無駄に過ごしたように見えた数年が、将来その人間の価値になることだってある。英才教育だお受験だと、血眼になっている自分と同世代の親達を取材していくうちに柴田はそんなふうに考えるようになっていた。

口出しはしない。その代わり選択肢は用意する。その中から本当のものを見つけだすのは、正自身である、と。それが柴田の教育方針のようなものだった。だからこそ、本物を見抜く目を身につけてほしい。

幼い頃、安月給のサラリーマンの家庭に育った柴田は当時流行りの学習塾にも通うことが出来なかった。詰め込み教育、偏差値教育の世代である。中学生になると、周りの友人達は皆、進学塾に通い始めた。

早くからジャーナリストを志していた柴田は、必死の独学で受験戦争を勝ち抜いてきた。ただ闇雲《やみくも》に一流大学を目指し、他に目を向ける余裕などなかった。その後希望通り大手新聞社に入り、記者として世界を飛び回るうちに世界には多種多様な価値観があることを身を以て感じた。

もしも、多感で、何でもスポンジのように吸収することが出来た学生時代に、こういった価値観を知っていたら、どれほど自分の世界は広がっただろう。そう感じることもしばしばだった。

しかしだからといって、自分の過去を否定するつもりもない。現在こうして報道番組のメインキャスターを任されている立場にまでなった自分が歩んできた過去には、誇りも自信も感じていた。

ただ、だからこそ息子である正には、自分には与えられなかったチャンスを出来るだけ与えてやりたいと思っていた。

たくさん存在する選択肢の中で、本物を見極めてほしい。その判断が出来る人間になってほしいと、そう思っていた。

いい機会だからそんなことも少し話してみようか。その夜、柴田はそんな気になった。

「おい、正。一杯付き合わないか？」

「……え？」

それまでゲーム画面に夢中だった正が、顔を上げて不思議そうに柴田を見た。

柴田はキッチンにいる妻に呼びかけた。

「おい、コップくれ」

「え？……イヤだ。やめてよ」

「大丈夫だよ。舐《な》めるだけだ。正。ちょっとこっち来いよ」

妻にコップを持ってこさせると柴田はそれにビールをついだ。

正はやって来て、恐る恐るビールを一口飲むと、なんとも複雑な顔をしてみせた。

柴田は笑って言った。

「こんなもん、何がウマイんだってみんな最初は思うんだけどな。不思議なもんで、これが段々たまらなくなる」

そう言うと柴田は自分のビールを飲み干した。

「酒っていうのは世界中どこの国にもその国の味があってな。それぞれの国の特徴を良く表してる。喉《のど》が焼ける程強いのもあれば、ボンヤリしてて水みたいなのもある。その国が寒い所にあるか、暑い所にあるか、海に面してるか、それとも山奥なのか。そういうことによって変わってくるんだろうけどな。まあ、とにかく、驚く程違うもんだよ」

正は自分のコップのビールをジッと見つめていた。

柴田は笑って言った。

「ちょっと話がこじつけっぽいな。……世界には本当にいろんな国がある。まあ、父さんだって全部の国を知ってるわけじゃないけどな。こっちの常識じゃ考えられないような国もたくさんあるよ。とてもじゃないが理解できないような風習や文化がたくさんあるんだ。俺はいろんな国に行ってきたけどな、そういう、それぞれの個性が面白いなって思うんだよ。そういう他の国と違う部分が無くなっちゃったら世界は本当につまらなくなるだろうなってな。そう思うんだよ」

正は思い切ってビールを飲み干した。

「おい。無理して飲むなよ」

柴田は自分で勧めておきながら少し慌《あわ》てて言った。

「別に、大丈夫だよ。これぐらい」

「そうか。……父さんはな、この仕事をしてきて、最近つくづく思うんだよ。色んな国が同時に存在してる世界っていうのが、とても大切なんだって。まあ、文化っていうのかな。そういうものがとても大事なんだ。その国にしかない個性とか、他の国には真似できない特徴だ……ちょっと話が難しいか？」

「ううん」

正は首を横に振った。

「でもな。それがとても難しい。今世界は同じ価値観を共有して同じ目的に向かわなくちゃならない状況になってるんだ。それは必然的にそうなってる。でもいくら経済成長して、便利な暮らしになったとしても、みんながみんな同じようになっちゃったら、これほどつまらない世界はない。一番大切なのは、自分の個性だよ。誰かの真似をして、何処《どこ》かの国の真似をして、成長したところで、虚《むな》しいだけだ。そう思わないか？」

正は、トロンとした目をして頷《うなず》いた。

「おい、お前、顔真っ赤じゃないか。大丈夫か？　気持ち悪いか？」

「ううん。大丈夫。……そろそろ寝る」

「お、……おお」

正はフラフラと立ち上がった。

「……ねえ父さん」

「うん？」

「……ビールって、ドイツのお酒だよね？」

「ああ……まあ、そうだな。……おい、大丈夫か？　歩けるか」

「大丈夫だよ。……じゃあね。おやすみ」

正は自分の部屋に帰って行った。

柴田はつい調子に乗って、息子に気を遣わせ、自分の話に付き合わせてしまったことを後悔した。

やはり、慣れないことはするものではない、と。


その夜、柴田はプロデューサーからの電話で起こされた。

「寝ている所すまん。すぐ現場に来てくれ」

「慌ててるね。大ごとかい？」

長く記者をやってきた柴田は、突然かり出されることには慣れていた。あくまでも自分が現場に足を運ぶ。ジャーナリストとしての信念は昔も今も変わっていなかった。しかしここ数年ニュースキャスターとしてスタジオにいることが多くなった柴田は、こういう形で起こされる機会は少なくなってきていた。

時計を見ると深夜二時を回っている。よっぽどの大物が急逝したか。あるいはテロか？

柴田の脳裏をよぎったのはそんな事柄だった。

電話の向こうのプロデューサーは言った。

「怪獣だ」

「……は？……何？」

柴田は一瞬、何を言われたのか理解出来なかった。

「怪獣だよ！……東京湾に怪獣出現だ。すぐ来てくれ」

「か、怪獣!?　はっ……ちょっと待てよ。何をこんな夜中に……」

笑いながらそう言いかけて、ハッとして言葉を飲み込んだ。

……そうだ。怪獣だ。何故《なぜ》、怪獣のことを今まで忘れていたんだろう？

柴田が子供の頃、テレビで見ていたSFの世界の出来事が、現実のものとなったのはもう10年も前のことだった。

ある時突然、首都東京に怪獣が現れたのだった。

全長45メートル、体重2万トン。牙《きば》を剝《む》き出しにし、口から光線を吐き出すその怪獣は、長い尾っぽを振り回し、ドシン！　ドシン！　と歩きながら、高層ビルを次々と薙《な》ぎ倒していった。

人々はただただ呆気《あっけ》にとられてその様子を見守るしかなかった。遠い昔の子供番組の空想でしかなかったことが、まさか本当に起きるなんて……。

誰一人として目の前で起きている現実を受け止められる者はいなかった。それは人類を襲った最大の危機だった。戦争よりも、テロよりも、何倍も恐ろしい出来事だった。

突然変異か、宇宙からの侵入か。科学者も、生物学者も、政府も、国連も、突然の怪獣出現について、説明出来る者は一人もいなかった。

とにかくそれ以来、怪獣は時々現れては街を崩壊させ去って行くことを繰り返すようになった。

やがて、怪獣を研究、退治する為の組織、科学特捜隊が作られた。科特隊は、怪獣が現れる度に戦車や戦闘機で怪獣を攻撃し、必死の攻防を続けた。しかしやはり人間の力では、怪獣を完全に倒すことは出来ず、被害を最小限に食い止め、追い返すのが関の山だった。

……こんな時、ウルトラマンがいてくれたら。

誰もが一度はそれを思った。しかしそう思ったあとですぐにその考えを打ち消すのだった。あれは、架空のヒーロー。現実に現れるわけがない、と。しかし、だったら何故怪獣だけが現れるんだろう？　怪獣だって架空のものだったはずじゃないか。それが現実になったんだから、正義のヒーローだって現れてもいいじゃないか。

人々は常に、そんな矛盾した思いを抱えながら生活するようになった。

この世界が、そんな世界になっていることを、柴田はたった今電話で起こされた時に忘れていたのだった。

……どうも寝ぼけているようだ。

と柴田は思った。

電話の向こうのプロデューサーは言った。

「今夜は怪獣だけで終わりそうにないんだ」

「え？……どういうことだ？」

「静岡上空で、未確認飛行物体を見たという情報が入ってる」

「未確認飛行物体？」

まさか、怪獣が出た上に宇宙人まで襲来してきたというのか？

「それがどうやら……ウルトラマンのように見える……」

「うっ、ウルトラマン!?　まさか……」

「ああ。俺もまさかとは思うがな。地上から見る限りではそう見える。今それがぐんぐん東京に向かって飛んで来てる。とにかくすぐ現場に来てくれ」

現場に駆け付けた柴田が目にしたのは、正真正銘のウルトラマンだった。子供の頃に憧《あこが》れた雄姿がそこにあった。

ウルトラマンは、前傾姿勢で怪獣と対峙《たいじ》していた。

あの懐《なつ》かしい、前傾姿勢だ。子供の頃、どれほどそのスタイルに魅了されたことか。

「ジュアッ！」

怪獣は頭を振ると地響きのような咆哮《ほうこう》をあげた。

ウルトラマンが叫んだ。

「……」

柴田も、プロデューサーも、撮影スタッフ達も、誰もが言葉を失い、取材することさえ忘れてその光景を見つめていた。

「ま、まさか……本当にこんな世界が来るなんて……」

そこにいる誰もが同じ気持ちだった。

怪獣が唸《うな》り声をあげながらウルトラマンに突進してきた。ウルトラマンはそれをヒラリとかわし、怪獣の背中にチョップを入れた。

「デアッ！」

「よし！　いいぞ！」

「がんばれウルトラマン！」

柴田達は思わず叫んだ。

怪獣は絶叫し、一度崩れ落ちたが、すぐに立ち上がると振り返り、再び突進して行き、今度はウルトラマンを突き飛ばした。

「ああっ！」

ウルトラマンは倒れ込んだ。そこへ怪獣が走り込み、大きく飛び上がってウルトラマンの上に体ごと落ちようとした。

「危ないっ！」

「ヘアッ！」

間一髪、ウルトラマンはクルリと体を回転させそれを逃れた。

怪獣は尻餅《しりもち》をつき、悔しそうに鳴き声を上げた。ウルトラマンは即座に起き上がり、怪獣から離れると、体勢を整え、やがてゆっくりと手を胸の前で交差した。

「あっ……ああ、あのポーズは……」

「も、もしかして……」

次の瞬間、まっ白な光が、ウルトラマンの手から怪獣に向かって放たれた。それはまさにスペシウム光線だった。スペシウム光線は真《ま》っ直《す》ぐに伸び、怪獣に注ぎ込まれた。

しばらくすると怪獣の体が爆発し、粉々に吹き飛んだ。

柴田も、他のスタッフも、誰一人として声を出せる者はいなかった。

その後、どれぐらいの時が流れたのかわからない。

ウルトラマンは真っ直ぐに体を起こし、腰に手をあてると地上にいる柴田達を見下ろした。

「あ、ありがとう……ウルトラマン……」

誰かがそう呟くと、他の皆も口々に言った。

「ウルトラマン、ありがとう！」

「ありがとう！」

徐々にそれは広がっていき、やがて拍手と歓声になった。人々はウルトラマンに向かって大歓声をあげた。

「ありがとう！」

「地球を救ってくれてありがとう！」

ウルトラマンは大きく頷いた。

そこからが、悪夢の始まりだった。

地上の人々はウルトラマンに歓声と拍手を送り続けていた。ウルトラマンの周りには科学特捜隊の戦闘機、ジェットビートルが旋回し、感謝の意を表していた。

次の瞬間。

ウルトラマンが、そのジェットビートルを叩《たた》き落としたのだ。まるでうるさい蠅《はえ》を落とすように。

「えっ!?」

人々は凍り付いた。

ウルトラマンはその後、近くにあったビルを思いっきり蹴《け》飛《と》ばした。ビルはガラガラと崩れ落ちた。

「そ、そんな……」

呆然《ぼうぜん》と立ちつくす人々を前にして、ウルトラマンは近くの建物を蹴り飛ばし、踏んづけ、手でつかんでは放り投げた。

それは思いもかけない、ヒーローの反逆だった。東京の街は人々が見ている前で、アッという間に崩壊していった。

「そんな……バカな……」

阿《あ》鼻《び》叫喚の中、柴田は呟くことしか出来なかった。

「おい柴田。マズイぞ。あっちはお前の家の方じゃ……」

プロデューサーが言った。

確かに。ウルトラマンは、街を破壊しながら徐々に進んでいた。そして、その先には柴田の住んでいる高層マンションが立っていた。

「まっ、待ってくれ！」

柴田は力の限りに叫んだ。

「待ってくれ！　ウルトラマン！　そこには俺の家族がいるんだ！　俺の女房と息子が住んでるんだ！」

しかしその声はウルトラマンには届かなかった。

ウルトラマンはまるでムシャクシャしている酔っぱらいのように、街を薙ぎ倒しながらどんどん進んでいった。

「デアッ！　ジュアッ！」

柴田は慌てて携帯電話を出して妻にかけた。

……頼む。出てくれ！

何度かのコールのあと、妻が出た。

「もしもし」

「おい！　今どこにいる？」

「あ、あなた。家よ。家で中継を見てるわ」

妻の声も怯《おび》えていた。どうやら起きてテレビを見ていたようだ。

「早く！　そこから出ろ！」

「え!?」

「正と一緒にそこから逃げるんだ！　早く！　ウルトラマンがそっちに向かってる！」

「あ、あなた。これ一体どういうことなの？」

「俺にもわからん！　とにかく早く……」

「おい柴田！　見ろ！」

プロデューサーに言われて見ると、ウルトラマンは柴田のマンションの前に立ち、ゆっくりと前傾姿勢をとり、両手を胸の前で十字に交差した。

……ス、スペシウム光線！

「やめろぉーーーっ！」

柴田は叫んで思わず目を閉じた。

ズシーーン！

大きな地響きのような音がした。

「あっ、何だあれ？」

隣でプロデューサーが言った。

……？

柴田はゆっくりと目を開けた。

すると、ウルトラマンが倒れていた。マンションはどうやら無事だったようで、元のまま立っている。そして、倒れているウルトラマンの傍らに、もう一人〝ウルトラマンのようなもの〟が立っていた。

「……あんなの、見たことないぞ？」

「どうなってるんだ？」

ウルトラマンを倒したのは、その〝ウルトラマンのようなもの〟らしかった。

ボディはウルトラマンと同じシルバーだったが、赤ではなく、青い模様が入っていた。目は黄色く光っていたが、その形はウルトラマンのような楕円《だえん》ではなく、少し角張っていた。

柴田は、しばらく見つめていたが、やがて、

「あっ！」

と声をあげた。

「何だ？　どうした？」

と、プロデューサーが聞いた。

柴田は呟いた。

「あ、あれは……スーパージャイアントゼットマン……」

「はあ？　何だって？　お前、あいつの名前を知ってるのか？」

……知ってるも何も。

それは、柴田がつけた名前だった。


スーパージャイアントゼットマン。


柴田の脳裏に、ハッキリとあの日の思い出が蘇《よみがえ》った。

柴田はあの頃、まだ小学校の低学年だった。

「おーい！　友広！　友広！　起きろ！」

玄関の方から酔っぱらった父の怒鳴り声が聞こえる。

「ちょっとあなた。やめてよ。友広は今寝たばっかりなんだから……」

母は必死に父をなだめ静めようとしている。

ベロベロの父はお構いなしに叫んでいる。

「いいから起こせ！　友広！」

「……ちょっと、明日も学校なのよ……」

「うるさい！」

襖《ふすま》が開いて父が入ってくると、一気に部屋が酒臭い息の匂《にお》いで満たされた。

当時柴田の住んでいた団地は、玄関のドアを開けるとすぐに台所があり、襖で仕切られた隣の部屋が六畳の和室で、夜は家族三人そこに布団《ふとん》を敷いて川の字で寝ていた。

「おい、友広！　起きろ！」

父は枕元《まくらもと》に座り込んで言った。

柴田はもうとっくに起きていたが、たった今目が覚めたという感じで布団から上半身を起こした。

「おかえり。父さん」

父は嬉しそうに微笑《ほほえ》んで言った。

「友広……良《い》いもん買ってきたぞ！」

言うと後ろ手にして隠し持っていた物を柴田の目の前に出して見せた。

「あっ！」

それは当時流行していたヒーローのソフトビニール人形だった。

驚いた柴田の顔を見て、父はニコニコし、満足そうに言った。

「どうだ。ビックリしたろう！　ほらっ、持ってみろ！　ウルトラマンだぞ！　シュワッチ！」

　父は自慢げに人形を柴田に渡した。

　それは、ウルトラマンではなかった。シルバーに青い模様で、ウルトラマンよりも目が角張っている、見たこともないような人形だった。おそらく父はその辺の夜店か何かで売っていた安物のバッタもんの人形をウルトラマンだと信じ込んで買ってきたのだった。

「おい！　どうだ！　格好良いだろ！」

　嬉しそうに笑う父を見ると、柴田はそれが偽物だと言うことは出来なかった。

「……う、うん」

　引きつった顔で柴田は笑った。その戸惑いに気づかずに満足そうに笑い、父は、

「明日持ってって、みんなに自慢してやれ！」

　と言うと部屋を出て行った。

「おい、ビール」

「まだ飲むの？　散々飲んできたんでしょ……」

　襖の向こうからそんなやり取りが聞こえた。

　柴田は薄明かりの中でもう一度その人形を見た。

ウルトラマンのようで、そうでないヒーローの姿は、どこか出来損ないみたいで滑稽《こっけい》だった。

それでも柴田は嬉しかった。他の友達は皆、ウルトラマンを持っているのは当然で、その他に怪獣もたくさん持っていた。友達の中でただ一人、柴田だけが今まで何も持っていなかった。

公園で自分の人形を持ち寄って遊んでいる友達の様子を脇《わき》でボンヤリ眺めていることも多かった。

貸してくれる、と言う友達もいたが、柴田は断った。

「いいよ。俺見てるから」

小さな誇りがそう言わせた。

気まずかったのは、友達の方だった。自分達の人形遊びを脇でジィッと見つめられているのは、気になった。

それは柴田が初めて、自分の物として堂々と持って行けるヒーローの人形だった。出来損ないみたいだったけど、柴田にとっては本当のヒーローだった。

明くる日、柴田がそれを持っていくと友達は皆一斉に笑った。

「なんだよ、それ！」

「そんなのテレビでやってないじゃん！」

「格好悪いよ！」

「弱そう！」

柴田は人形を握りしめて、そんな罵声《ばせい》に耐えていた。ゆうべの父の自慢げな笑顔が思い浮かぶ。

「強いよ！」

「強いわけないじゃん！　それ、名前何て言うんだよ？」

柴田は一瞬言葉に詰まり、しばらく考えてから言った。

「す、スーパージャイアント……ゼット……マンだよ」

一瞬の静寂の後、友達は大笑いした。

「……す、すげぇ、強そう〜」

「やたら、でかそうな名前だよな」

「長いし！」

その場で口からでまかせを言った柴田自身も、あまりにもその名前が大仰だったので、みんなにつられて、自分でも吹き出してしまった。

一通り笑いがおさまると、スーパージャイアントゼットマンは、まるでいつもそうしているかのように、人形遊びの仲間入りをした。

それから毎日、柴田は自分だけのヒーローで、数々の怪獣を倒していった。

やがて友達も、段々と柴田の持っている人形を羨《うらや》ましがるようになった。自分達は皆、ウルトラマンを持っている。それは確かに本物なのだが、幾つもそこに持ち寄られたウルトラマンは、他と変わりばえが無く、まるでその他大勢の役のように見えてくるのだった。

柴田の持っている唯一《ゆいいつ》無二のヒーローこそ、本物の、オリジナルのヒーローに見えてくるのだった。

「ねえ。貸して」

と、徐々に柴田に人形を貸してもらいたがる友達が増えていき、やがて、スーパージャイアントゼットマンは、友達の間では、ウルトラマンをも倒すほどの強いヒーローに進化していった。


「ジュアッ！」

ドシン！

地響きがして、柴田の目の前でウルトラマンに投げ飛ばされたスーパージャイアントゼットマンが、もんどり打って倒れた。

「あっ！」

プロデューサーが心配そうに言う。

「おい。あのスーパー……なんとか。本当に強いのか？」

「強い！」

と、柴田は答えた。しかしその柴田達の前でスーパージャイアントゼットマンは、何度も

何度もウルトラマンに投げ飛ばされ、持ち上げられ、地面に叩きつけられた。

ドシン！

「うわっ！」

スーパージャイアントゼットマンは、フラフラになりながらも何とか立ち上がり、ウルト

ラマンに向かって行った。

ウルトラマンは跳び蹴りをスーパージャイアントゼットマンの胸に炸裂（さくれつ）させた。

ドシン！

「おい……やっぱりアイツ駄目なんじゃないか？」

「ああ。所詮（しょせん）偽物だしなぁ……」

見物人からそんな声が漏れた。

「……いや。絶対……」

と、柴田は呟いた。

スーパージャイアントゼットマンは、立ち上がり、ウルトラマンに向かって行っては、また倒されるのを繰り返していた。

「がんばれ！」

思わず柴田の声が漏れた。

その出来損ないのヒーローの、がむしゃらな姿に、柴田の父の姿が重なった。毎日毎日、一張羅の何の個性も無いねずみ色の吊《つ》るしの背広を着て、満員電車に揺られる為に、公団住宅を出て行く父の姿。そして、それはあの頃のこの国の姿そのものだった。

高度経済成長期。外国人からは〝兎小屋《うさぎごや》〟と呼ばれた積み木のような無個性な建物が町に立ち並び、この国が上を目指そうとすればするほど、外国は、〝モノマネ〟〝猿まね文化〟とバカにした。

猿まねだろうが何だろうが良い。笑いたければ笑え。俺達はもっといい暮らしをするんだ。子供達にもっと美味《うま》いもんを食わしてやるんだ。

言葉にはしなかったが、きっと柴田の父の世代はそう思っていたに違いない。

「がんばれ！　がんばれーっ！」

柴田はいつしか叫んでいた。

「おい、柴田！　あれは!?」

見るとスーパージャイアントゼットマンが、ゆっくりと胸の前で手を交差していた。

「……ああ……あ、あれは……」

柴田は固唾《かたず》を呑《の》んで言った。

「無敵光線だ！」

「無敵光線？　またずいぶんわかりやすいネーミングだな……」

もちろん、それも柴田がつけた名前だった。

柴田は言った。

「あの光線は、とにかく無敵なんだ。地球上の全《すべ》てのエネルギーを自分の体に吸い取り、それを放出させるんだ。しかしあの光線を発射させたら最後、スーパージャイアントゼットマンは、二度と立ち上がることは出来なくなるんだ。……まさか、あれをやるつもりなのか？」

柴田達の目の前で、スーパージャイアントゼットマンは、手を交差させ、エネルギーを溜めていた。

「やめろスーパージャイアントゼットマン。……もしそれをやったらお前は二度と……ああっ！」

「ゼーーーーット！」

そう叫ぶと、スーパージャイアントゼットマンは、ウルトラマンに向かって無敵光線を発射した。

目の前が物凄《ものすご》い光に包まれて、何も見えなくなった。


「ああーっ！」

柴田は叫びながらガバッと飛び起きた。

気づくとそこはベッドの中だった。

「どうしたの？　嫌な夢でも見たの？」

心配そうに妻が言う。

「え？　ウルトラマンは？」

「ウルトラマン？　イヤだ。ずいぶん無邪気な夢見てるのね」

妻が笑って言った。

「え？　ああ。……まあな」

全身に汗をかいていた。

「……ちょっと、水を飲んでくる」

キッチンでコップに水を注ぎながら柴田が思いかえしたのは、ゆうべのニュースでの自分の発言だった。出来損ないみたいなテーマパークの、出来損ないみたいなキャラクターに群がる子供達を見て、自分は言ったのだ。

「あの子供達が大人になって、本当のことを知った時、自分達の国に対して誇りを持つことが出来るのでしょうか？」

柴田は水をグッと飲んで思った。

……きっと出来る。それは堂々と胸を張れるようなものではないし、少し照れくさくて、恥ずかしいような気持ちかもしれないけど。でも、きっと、誇りは持てる。

「あ、パパ」

振り向くと正が立っていた。

「正、どうした？　こんな時間に？」

時計は午前三時を回っていた。

「凄く喉が渇いちゃって……」

「あ！　そうか」

柴田はゆうべ自分が正にビールを飲ませたことを思い出し、慌ててコップに水を新しく注ぐと、正に渡した。

正は夢中でコップの水を一気に飲み干した。

「もう一杯飲むか？」

「うん」

柴田は再びコップに水を注ぎながら言った。

「なあ、正。少しだけお前の部屋に行って良いか？　お前が眠るまでの間に、話したいことがある」

「いいけど……何の話？」

不思議そうにそう聞く正に、柴田は言った。

「父さんの子供の頃の、この国の話だ」

傍観者〜首相はつらいよシリーズ3

「お母さん、ちょっと落ち着いてよ」

娘は乱暴に荷造りをする母に言った。

母は手を休めずに言った。

「落ち着いてますよ、落ち着いた上で決めたんだから」

今年で八十になる母が突然、父と離婚すると言い出した。娘は慌《あわ》てて実家にかけつけたのだった。今娘の前で母はアタッシュケースに荷物を詰め込んでいる。

父は奥の座敷で我関せずと机に向かっている。

「お父さんも、何か言ってよ！」

イライラした娘は叫んだが、父は背中を向けたまま振り返りもしない。

「言ったって無駄よ。そういう人なんだから」

母は言った。

「ちょっと……もう、一体何が原因なのよ？　五十年以上も寄り添ってここへきていきなり離婚なんて、一体何があったっていうの？」

「別に、何もないわよ」

「何もなくて離婚するわけないじゃない！　今までなんの波風もたてずに……」

「ちょっと、あなたそばでギャーギャー騒いでるだけなんだったら邪魔だから帰ってちょうだい。輝夫さんの夕飯の支度もあるんだろうし」

「ちょっと、お母さん……」

「ねえ、そのタンス開けて中の着物こっちに渡して」

「もう……」

娘はしぶしぶ母の荷造りを手伝いながら、母のそばに寄り小声で聞いた。

「……ねえ、ほんとに、どうしたの？」

「どうもしないって言ってるでしょ」

娘は父に聞こえないようにさらに声を落として言った。

「……何よ？　まさかお父さんに、女でもいたの？」

「ふっ……まさか、そんなことぐらいじゃ出て行きはしないわよ」

「じゃあ何よ？」

母は手を休めると溜《た》め息混じりに呟《つぶや》いた。

「……ゴキブリ」

「……え？　ゴキブリ？」

聞けばゆうべゴキブリが出たという。母は昔からゴキブリが大の苦手だった。それでゆうべも母は父にゴキブリの処理を頼んだが、父は少しも動くそぶりすら見せなかったという。

仕方なく母は必死の思いで新聞紙を丸め、さんざん格闘した末に取り逃がしたのだそうだ。

そして、その格闘のさいに頭を思いっきりタンスの角に打ち付けたのだという。母は「痛たた！」とのたうち回り痛がった。その時、母の痛がる様子を見て父がほんの一瞬、「ふふ」と笑ったのだという。それがとても許せなかった。と母は言った。

「何？　そんなこと？」と娘はあきれた。

「ああ、そんなことさ。でも私はもうウンザリなのよ。あの人のあの笑い方が……」

娘は少し戸惑って言った。

「だって、いつもお父さんそんな感じじゃない」

「そうよ。いつもそう。昨日だってね、お父さんは、頭に瘤《こぶ》をつくって大騒ぎしている私にこう言ったのよ。『次に出てきたら、きっと仕留められるんじゃないかな』って、ボソッと」

娘が父を見る。

こっちの会話が聞こえているのかいないのか、父は相変わらず背中を向けて微動だにしない。

「……お父さんの言いそうなことじゃない」

「そうよ。それがもう嫌なの。あの人は私がどれほどゴキブリが嫌いかを知ってて、もう何十年と、一度だって自分が捕ってやろうって思ってくれたことなんかないのよ」

「だからって、そんなことで今さら……」

「今さら？　あと何年かすればどうせ死ぬんだから我慢しろって言うのかい……」

「そんなこと言ってないけど……」

「私はその数年が耐えられないの。残りの人生自分の好きなように生きたいのよ」

何も言えなくなった娘に、母は生々しい話をし始めた。

「だいたい私はあの人に今まで一度だって、満足させてもらったことはなかった」

「ちょっと……お母さん、何の話？」

娘はまた思わず小声になった。

「夜の話よ。若い時からそうさ。いつだって自分だけさっさと先にすまして……」

「ちょっとお母さん！」

「眠れない私があの人を起こすと、あの人は私を見て言ったよ。『可哀想《かわいそう》に』って。可哀想に？　いつだってあの人の言葉には自分が入ってないのよ！」

「やめてよ！」

思わず娘は言った。

「カズオが学校でいじめられた時だって、そうじゃないか……」

カズオとは、娘の子供だった。

「自分の孫が、学校でいじめられて不登校になったのを知った時でさえ、あの人は、この国の教育制度を嘆いたんだよ。自分のせいで、自分が首相を途中で投げ出したせいで、無責任総理の孫だって言われて孫がいじめられてんのに、あの人は教育制度を嘆いたんだよ！　あの後、政界が大混乱になって、この国が滅茶苦茶《めちゃくちゃ》になった時も、経済が破綻《はたん》して、失業者が莫大《ばくだい》に増えて、犯罪が多発した時だって、あの人は『一体この国はどうしちゃったんだ……』って、呟いただけだった！　あの人にとっては全部が他人事《ひとごと》なのよ！」

「お母さん！　言い過ぎよ！」

娘はそう言って、父を見た。

会話が聞こえているはずの父は相変わらず机に向かって墨と硯《すずり》で何かを書いている。

不審に思った娘が母に聞いた。

「ねえ、お父さん、さっきから何やってるの？」

母は呆《あき》れたように言った。

「ふん。自伝だってさ……」

「自伝？」

「自分は己を客観視出来る性格だから自伝を書くのに向いてるんだって。確かにそうよ。あの人にとっては、自分のことすら、他人事なんだから……」

母と娘は、さっきからこの騒ぎの中、振り向きもしない老人の背中をジッと見つめた。

老人はその時、原稿用紙に丁寧な字でこう書いていた。

『最終章・離婚』

そして顔を上げ、窓の外の柿《かき》の木を見て、しばらく考え、サラサラと句を書いた。

渋柿の　干されてわかる　甘味かな

しばらくその句を眺めていた老人は、やがて独り言のようにボソッと呟いた。

「……こりゃ、まずい句だな……」

そして小さく「ふふっ」と笑った。

彩《いろど》られた羽根

ここに、瀕死《ひんし》のネズミがいた。

コンクリートの床の上。小さな一匹のドブネズミが、死にかけていた。

ネズミが、だんだんと遠くなっていく意識の中で、脳裏に浮かべていたのは、ある、輝かしい風景だった。

それは、透明で濁りのない海の水と、真っ青な空と、どこまでも続く白い砂浜だった。

ネズミはいつもその風景を思いだすと自然と涙が溢《あふ》れてくるのだった。

ネズミは、たった今、この国の軍事施設に忍び込んで敵国に向けて発射されようとしていた核ミサイルに繋《つな》がるコードを噛《か》みちぎったところだった。

その瞬間、バチバチ！　と火花が散り、とても強い電流がネズミの体を貫いたのだ。

そして、ネズミは今瀕死の状態だった。

何故《なぜ》このネズミはそんなことをしたのか……。

あれは、もう遠い昔の出来事だった。やはりあの時もネズミは今と同じように瀕死の状態で、道端に倒れていた。

実験用マウスとしてそれまで住んでいた透明のケージから逃亡したネズミは、大きな道を渡ろうとして、走ってきた車に、はね飛ばされたのだ。

それまで外の世界を知らなかったネズミは他の都会に住むドブネズミのように、注意をはらうことをしなかったのだ。動物としての本能と反射神経は少しだけ衰えていた。

とはいえ、いつかこんな日が来るだろうともネズミは予想していた。

他の世界を見てみたいというのが、ネズミの念願だった。いったんはその願いがかなって、ほんの少しの間ではあったが、今まで自分が知らなかった世界を一瞬でも垣間見る《かいまみる》ことが出来た。それで十分だと思った。

だから、このまま死んでいくのも別に惜しいとは思わなかった。

ただ、もう少し、居心地の良い場所で眠りたい、と思った。

そこはアスファルトの道路の端っこで、草も木も土も水もなくて、近くを大きな車が騒音を立ててビュンビュンと通り過ぎていく。ここにこのままいるのは嫌だ、と、そう思った。

ネズミは必死になって、最後の力を振り絞り、何とか、車も人間も来ない、下水道が川へ排出される出口まで、這《は》っていった……。

ほんの少しの土の上にたどり着いたネズミは、ようやく、ホッとした。

――はぁ。ここでジッとして死んでいこう――

しばらくするとそのネズミの傍らへ、一羽の鳥が舞い降りてきた。

ネズミは思った。

――ああ。なんて不運なんだろう。せっかく静かに死ねると思ったのに。最後の最後に、鳥に見つかってしまうとは――

ネズミは、鳥に食べられる覚悟をした。

しかしその鳥は、いつまでたってもネズミを食べようとはしなかった。

不思議に思ったのと、じれったくなったネズミは、傍らで羽繕《はづくろ》いをしている鳥に自分から言った。

「……ねえ。俺を食べるなら早く食べてしまってよ」

すると、鳥は不思議そうな顔をして言った。

「私はあなたを食べたりしないわ。私は渡り鳥で、飛ぶのに疲れたから、ちょっとここで休憩してるだけよ。それに、今はお腹《なか》はすいてないし……」

そう言うと鳥は、ネズミをチラッと見て、

「もし、すいていたとしても……ミミズは大好きだけど、ネズミはちょっとね……」

と言った。

ネズミはそれを聞いて笑った。

「……そうか。ネズミはちょっと、か……」

鳥も笑った。

「そうよ」

少しして、鳥は飛び立っていった。

ネズミは、空へ舞い上がり段々と小さくなっていく鳥の姿を、ボンヤリと眺めながら眠りについた……。

どれほど眠っただろう。ネズミが目を開けると、傍らに、さっきの鳥がいた。

そしてネズミの前には、たくさんのミミズや、虫が置いてあった。

ネズミが鳥を見つめると、

「どうぞ。食べて。……好きかどうかわからないけど」

と鳥は言った。

ネズミは夢中でそれらを食べた。

それから。ネズミの傷が治って歩けるようになるまで。鳥が次の場所へ行かなければならない日まで。何日も、鳥は、ネズミに餌《えさ》を運んでくれたのだった。

そして二匹は、一緒に餌を食べながら、話をした。

鳥は、自分が今まで渡ってきた遠い国々の風景の話を、ネズミに聞かせてくれた。

ネズミはずっとケージの中で育ち、外の世界を知らないまま地を生きてきた。だから、鳥が話してくれるような遠い国々には、当然行ったこともなかった。

だから、この世界の遠くのどこかに、そんな国々があるなんて、まるで夢のように思えた。

鳥は、世界中に点在する、それぞれの場所が、どんな景色で、そこにどんな人々が暮らしていて、どんな動物達が住んでいるのかを聞かせてくれた。

そしてそれらの場所が、どれほど素晴らしくて、自分がそれらの場所を、どれほど好きかを熱心に話した。

ネズミは鳥の話を聞いて、鳥が見たその風景を想像するのだった。

鳥はネズミの憧《あこが》れだった。

そしてネズミは、鳥が話してくれたそれぞれの場所をとても愛《いと》おしく思うようになった。

「俺も、いつか、行ってみたいな」

そうネズミが言うと、鳥は肯《うなず》いた。

そして、少し考えてから、こう言った。

「でも一つだけ、どこへ行っても変わらない、同じ風景があるわ」

ネズミは鳥を見つめた。

鳥は、空を見上げた。

「空は、どこから見ても、あの同じ空だわ。私は空を渡ってきたからよく知ってる。私が話したそれぞれの場所と、ここはあの空で繋がっている」

そう言われて、ネズミも空を見上げた……。

やがて冬が来て、ネズミの傷もすっかり治った頃、鳥は別れを告げて飛び立っていった。

それ以来ネズミはずっと、鳥と、鳥が話してくれたいくつもの場所を思い浮かべて過ごすようになった。

そして、

——自分にも翼があったら、きっと、鳥が話してくれた場所に飛んでいくのに——

と考えながら空を見上げるようになったのだった……。

ドブネズミとしての生活にもずいぶんと馴《な》れ、すっかり野生の動物として生きていたネズミは、ある時、この国の人間達が遠い国々と戦争を始めたことを知った。

人工的に何世代もの世代交代を繰り返し、飛躍的な変化を繰り返して生み出されたネズミの脳は、圧倒的な理解力を持っていた。

そして自分のいるこの国が、近々、それらの国々へ向け攻撃をしかけようとしていることを知った。

それを知った時、ネズミは、自分が、人間達が作ったこの都会が大好きであることに気づいた。

そして、それと同じ気持ちで、あの鳥が話してくれた、行ったこともないそれぞれの場所のことも、大好きであることに気がついた。

そして、それらの場所が、跡形もなくなってしまうことが我慢出来ないと思ったのだ。

——あの鳥にはもう会えないかもしれないけど、あの鳥の好きな場所は残しておきたい

そう強く思ったのだ。

――――


今。

軍事施設の地下のコンクリートの床の上で、ネズミは真っ黒に焦《こ》げて、転がっていた。

建物の上の方に窓があり、そこから空が見えていた。

ネズミはボンヤリと、その空を見つめていた。

――空は繋がっている――

と、ネズミは思った。

ネズミの脳裏に鳥が話してくれた幾つもの場所の光景が浮かんだ。

するとその空から、羽根が一つ、落ちてきた。

それは、キラキラと光る、たくさんの色に彩《いろど》られた羽根だった。

もしかしたらそれは、ネズミが見た幻かもしれなかった。

それでもネズミはその羽根を見つめ、

――あの羽根は、きっと、とても遠い所から、色んな国を通ってここまで飛んできたんだな――

と思った。

そしてネズミは、

――元気になったら、這ってでも、鳥が話してくれたあの場所へ行ってみよう。空が繋がっているのなら、きっと地面も繋がっているはずだ――

と、そう思ったのだった。

大いなる計画

２１０１年、４月。

今や他国の追随を許さない、世界一の文明大国として不動の地位を確立したこの国の国会で、歴史的とも言える証人喚問が行われていた。

証人として喚問されるのは現職の総理大臣、神尾良三《かみおりょうぞう》、65歳。質問に立つのは野党第一党国民党議員、島田大地、50歳。

暴《あば》かれようとしているのは、この国の歴史始まって以来の国家の大罪だった。

ことの発端は、年の初めに雑誌がすっぱ抜いた記事だった。それは内閣内部の何者かによる告発であった。内閣府の地下の資料室に、国家のある重大な許し難い行為を記した書類が眠っているというもので、もしその記事の憶測が真実であるならば、それは国家の根幹を揺るがす、国の存亡を左右するほどの大事であった。記事はまたたく間に国中にセンセーションを巻き起こした。

政府はやっきになって資料の存在を否定したが、世論の後押しを得た野党の追及はおさまらず、また最初の内部告発を裏付けるような状況証拠を示す匿名《とくめい》の告発者が次々と出現するようになり、マスコミ、野党、国民、はては外国メディアまでをも巻き込んだ一大スキャンダルとなるにいたり、とうとう政府は地下に眠る書類の存在を認めざるを得なくなった。

長年埃《ほこり》をかぶった書類は証拠資料として国会に提出された。

今それは質問に立つ国民党、島田議員の手元にある。

茶色に変色した一冊の書類。

本会議場は静まりかえっていた。世界中が注目する中、書類のページをめくろうとする島田の指はかすかに震えていた。

表紙には〝最重要〟、そして〝国家最高機密〟〝極秘〟の印。

島田はかすかに息を吸って、質問を始めた。

「……神尾総理。今から私が行う質問に対するあなたの答弁は、この国の国民はもちろん、世界中の人々が注目していることを充分に意識され、お答え下さることを希望します」

しばらく沈黙が続いた。

議長は、島田の今の言葉に対する返答を促すため神尾総理を指名するか少し迷ってやめたようだった。

神尾総理は微動だにせず、青ざめたようにも見えた。再び島田が言葉を続けた。

「この国の人口の推移の不自然さは再三言われていることであります。かつて少子化の一途を辿《たど》っていた人口が、２０５１年からかすかに改善され、その後、現在までの50年、そして今も爆発的な増加をしております。同時に製造業の飛躍的な進歩にともない、我が国が奇跡的な経済成長を成し遂げたのは総理もよくご存じの通りであります……」

島田は資料から目を離し確認するように神尾を見つめた。

神尾はジッと目を閉じたまま、口をへの字にして、不動の構えだった。

一つ咳払《せきばら》いをして、島田は続けた。

「また、多くの優秀な人材の輩出がこの20年間……こう言っては何ですが、不自然なまでにこの国に集中したのも、その発展を助けた一つの要素であるというのは、国際的な認識であります。しかしここで言う〝不自然さ〟は人口増加率だけではありません。人口の割合であります。現在の我が国の50歳以下の人口比率を見た時に注目に値するのは、ある特定の施設の出身者が……その割合が異常に多いということであります」

島田は息をつき、再び神尾を見つめる。

神尾の眉間《みけん》にかすかにシワが寄ったように見えた。

「……国立乳幼児センター、通称ユリカゴ。歴史あるこの施設が国家によって開設されたのが2051年。つまり人口がかすかな上昇を始めたのと同じ年であります。……総理。この奇妙な偶然について、総理のご意見を伺いたい……」

「内閣総理大臣」

議長が指名すると、神尾総理はゆっくりと立ち上がり無表情のまま答えた。

「……2051年当時、ああ、いやそれ以前から、我が国では母親による乳児虐殺《ぎゃくさつ》、子捨てなどが多発し、その救済策の一つとして、育てる能力のない親が子を捨てる行為を認め、親に代わり育てる機関として時の政府が開設したのが乳幼児センターであると認識しております。その後、施設に子を放置する親が増え、施設を増設せざるを得ないまでになったことは、当初から数多くの批判もあり、はなはだ、遺憾であるとともに、一方で時代の必然であったということは多くの歴史学者の認めるところであると認識しております。また特別国家機関である乳幼児センターの建設が2051年当時の人口減少問題、失業者増大の問題、経済の冷え込み、我が国の人材不足を補塡《ほてん》するに必要たる国策としてある種有効に機能したことも抗《あらが》うことの出来ない事実であり、結果、同施設出身者の割合が人口比率においてやや過大なバランスで増大する傾向で推移したことは、おっしゃるような奇妙な偶然ではなく、周知の事実であり、政府としても掌握した経緯でありまして、それ自体種々な問題を含んだ懸案事項ではあるものの、単純に数字の問題だけを見れば真っ当な因果関係であると認識しております」

切れ者であることと、その名前をもじって、〝カミソリ〟の異名を持ち、第四次神尾内閣を率い、20年以上もその座にいる神尾の答弁は、自分達の非を認めながらも必然を説いたような答弁であり、なおかつ絶妙に本質から論点をずらしていた。つまり、とぼけていた。

神尾は事実隠蔽《いんぺい》をすら諦《あきら》めているのかもしれない。ただこの場では核心に触れず不毛な議論のままのらりくらりと誤魔化《ごまか》そうとしているだけなのかもしれない、と、島田は思った。

そうはさせない。

「島田大地君」

議長に呼ばれ立ち上がった島田は神尾を睨《にら》み付けるように見た。

「総理、失礼しました。私の言い方が悪かったのかもしれません。私が奇妙な偶然と言ったのは単にユリカゴ出身者の人口比率と同センター増加の因果関係ではありません。貴方《あなた》と我々国民が掌握している実際のものの裏に隠された不自然な数字です」

神尾は目を瞑《つぶ》ったまま眠っているかのようだった。

「改めて総理にお聞きします。この隠された数字についての認識はおありですか？」

島田が座る。議長はちらりと神尾を見つめ、

「内閣総理大臣」

と指名した。しかし神尾は目を瞑ったまま動かなかった。

「総理、お答えください」

と島田はもう一度立ち上がって言った。神尾はようやく立ち上がり証言台のマイクに、

「質問の意味がわかりかねます」

と言ってすぐに座った。即座に手を挙げる島田。

「島田大地君」

「それでは質問を変えます。2089年に発生しました鹿児島県南西諸島北部地震による小宝島施設マザーデータセンターのデータ紛失事故をご記憶でしょうか?」

「内閣総理大臣、神尾良三君」

神尾は制するように議長に手を振りうなずいた。

簡単なことをいちいち形式で確認しなくてもいい。自分は記憶しているということだ。型破りな神尾のいつもの態度だった。

島田は一度座った座席をすぐに立って言った。

「総理、速記が記録しております。お返事を」

「内閣総理大臣」

と議長。

神尾は座ったまま「憶《おぼ》えてる！」と怒鳴った。議場に失笑がもれた。島田も苦笑いしながら言った。

「よろしいでしょう。それではご面倒でしょうが、確認の為《ため》もう一度整理して説明させていただきます。２０８９年、今から12年前、鹿児島県南西諸島を震源とするマグニチュード６・５の地震が起き、その揺れによりトカラ列島、小宝島施設マザーデータセンターに何らかのシステムトラブルが起き、一部のデータが消えるという事故が起きました。消えたデータの中には統計局の国勢調査の結果、また各自治体の住民基本台帳なども一部含まれており、一時我が国の人口及び属性の把握が困難になるという事態に発展しました。大型地震、津波、また軍事攻撃にも耐えうるという安全性を謳《うた》っていた小宝島データセンターが、マグニチュード６・５という、明らかに想定内の揺れによってシステムダウンした原因については甚だ不可解であり、その後の調査によっても根本の原因は究明されていません。さらにもう一つ不可解なのは、地震直後、各ホストコンピュータが通常のバックアップを行った際、紛失されたマザーデータの状態に合わせてデータをゼロに書き換えるというあり得ない事故が起きたことです。これにより統計局の端末の最新データすら失われました。これはうがった見方をすればサイバーテロに近い状態であり、何者かによって故意に行われたのではないかという疑いも拭《ぬぐ》いきれていません。この件につきまして総理の見解をお聞かせください」

「内閣総理……」

議長が言いかけたところですでに神尾は立ち上がっていて答えた。

「うがった見方はせんほうがいい」

すぐに島田が手を挙げる。

「島田大地君」

「なるほど。……まあ、うがった見方かどうかは別にして、12年前のこの事故により我が国の人口、属性の正確な数字がいったんリセットされたことは動かしようのない事実でありま す。総理。面倒ですが、もう少しおつきあいください。さて、この鹿児島県南西諸島に浮かぶ小島、小宝島上の施設、マザーデータセンターが開設されたのは今を去ること30年前、2071年のことであります。このことについては私などよりも、総理ご自身のほうがお詳しいと思いますが、このデータセンター開設にいたるまでの経緯をお聞かせください」

「内閣総理大臣、神尾良三君」

神尾はのっそりと立ち上がった。

「過去の資料に記載されておりますので、それをご覧ください」

「島田大地君」

島田は資料を手に言った。

「それでは釈迦《しゃか》に説法ですが、私のほうからご説明させていただきます。こちらにその当時の計画書があります」

神尾は不快そうな顔をした。

島田は資料を読んだ。

「『小宝島マザーデータセンター計画』、立案者は神尾良三とあります。貴方です。この計画書を書かれた当時、貴方はすでに剛腕と呼ばれ、弱冠30歳にして党の幹事長代行をされていました。間違いありませんね？」

神尾は黙ったままだった。

島田は構わず続けた。

「『概要……現代、危機管理において最も重要なことはデジタル情報の安全な保管である。国家機密から、株券、各種重要資料に到《いた》るまで全《すべ》ての文書は電子データとして保管されている。しかしそれは各部署がそれぞれ独自の体制で行っており、且《か》つそれらは都市部に集中していることも事実である。中央都市は他国からの軍事攻撃、核、テロ、また大型災害の危険の上に成り立っている。かような状況の中で必要なのは国家の財産たる膨大なデジタル情報を安全に良質な状態で継続し保管することであり、現代においてこのことこそが国防の最優先事項であると考える。それには都市から離れた場所に巨大且つ安全なバックアップセンターを建造し、各ホストコンピュータが定期的に自動でデータをバックアップ出来るシステムを構築することが目下の急務である。以上の理由、またその他多くの要素を考慮した上、南西諸島トカラ列島の一つ、小宝島に政府管轄《かんかつ》のもとマザーデータセンターを開設することは今後の安全保障及び、同島に及ぼすあらゆる経済効果を想定した時、我が国の発展に多大なる影響を与えることは明白であり、ここに記す計画は必然であると考える』」

島田は一気に読み上げるとフッと息をついた。神尾は目を閉じたままかすかに頭を上に向けている。懐《なつ》かしんでいるのか。

「……長々と読み上げましたが、総理。実に貴方らしい、型破りで強気な文言ではあります」

議場からまたかすかな笑いがもれた。神尾もどことなく微笑《ほほえ》んでいるように見える。

「さて、ようやく本題です。冒頭申し上げました不自然な数字の話ですが……貴方の計画通り、小宝島にマザーデータセンター、通称〝マザー〟が開設された2071年はこの国の新生児の誕生率が急激にはね上がった年です。いわゆる第三次ベビーブームとも呼ばれます……」

島田はジッと神尾を見つめた。神尾の笑みは消えている。

「総理。これは単なる偶然でしょうか？」

島田の追及の意図が摑《つか》めず議場には不審の声が広がった。

ようやく神尾は目を開け、いかにも不可解そうな顔で島田を睨み付けた。

「内閣総理大臣」

と議長。

「言ってる意味がわからん！」

と座ったまま神尾は叫んだ。

島田はすかさず、

「総理。正式にお答えください」

と応《こた》えた。

「内閣総理大臣」

神尾はブツブツと何か言いながらも立ち上がり証言台に立ち、小声で独り言を呟いた。

「……データセンターとベビーブームが偶然かって？　何を言っておるんだ……」

「もっと声をハッキリと」

議長が注意した。神尾は憮然《ぶぜん》として咳払いをすると言った。

「えー、ただいまのご質問の意図がよくわかりませんが……えー、私の記憶では、確か2071年は、かねてより問題とされておりました母親による新生児の放置の増加がピークに達した年でありまして……まぁ、当時問題にもなりましたが、あー、それが、誕生率の飛躍的な増加を後押しするような形になったことは認識しておりますが……えー、小宝島データセンターの開設とベビーブームに関しましては、私には、何ら因果関係を持たないものと思われます」

議場には島田に向けた野次が一斉に沸き起こった。「ちゃんと質問しろ！」「何を聞いてる！」

議長が、「静かに！」となだめる。

「島田大地君」

「おっしゃる通り、母親の新生児放置問題はその年大きな社会問題となりました。それを受けて乳幼児センター、ユリカゴの増設が決定したのもこの年です。２０７１年生まれの人口比率で、ユリカゴ出身者の数が抜きん出て高いのもご存じの通りです。その同じ年にデータセンター、マザーも開設している」

議場から再び野次が沸き起こる。「しつこいぞ！」「いい加減にしろ！」

「総理。この、マザーの開設は非常に大きな功績だった。貴方はこれにより政界に確固たる地位を確立した。計画書からわずか5年でマザーは完成した。驚くべき早さです。その年貴方は総務大臣に就任、その10年後、45歳にして総理大臣にまで登りつめた」

議場の野次は止まらない。

島田は神尾から目を離さなかった。

「……何が言いたい？」

神尾が聞こえない声で呟くのがわかった。

「どうしても小宝島にデータセンターを建設しなければならなかったのは、そこに何か他の役割が存在したからではないですか？　なにか、とても不自然な役割が。貴方はその不自然な役割をデータセンター創設というアイデアで自然なものにした。当時の政府首脳が頭を悩ませていた難題を実に見事に堂々と解決してみせた。貴方は隠された国家プロジェクトの功労者となった」

一瞬、議場が静かになった。皆島田の発言の意味が理解出来なかったのだ。その後再び不審のざわめきが起こった。

神尾は怒りを含んだ目で静かに島田を見つめていた。島田は目を逸《そ》らし、続けた。

「隠された数字の話に戻りましょう。乳幼児施設ユリカゴ出身者の急激な増加は再三触れたとおりです。だが、ここでわかっている数字は放置された子供の数です。当然その数に見合うだけの放置した母親、つまり子を捨てた母親が存在するはずだが、政府はどの程度まで放置した側の母親の数を掌握されているのでしょうか？」

島田は静かに席に着く。

「……内閣総理大臣」

一瞬の間の後、神尾が立ち上がった。

「……残念ながら子を捨てた親がその後自分から名乗り出てくるケースは稀《まれ》で、現在把握されている少数のケースを除き、その大半は不明者となります。ですので、その数は子供の数からおおよその概算で計算するしかなく、正確な数字は把握していないというのが現状です」

「島田大地君」

「おおよその概算であるならば、いくらでも適当な数字を言えるわけですね？」

再び野次の嵐《あらし》。

「内閣総理大臣」

「概算とは言いましたものの、きちんとした計算に基づいた数字であり、かなり正確に近いものと認識しております」

「島田大地君」

「子を捨てる母親のケースは様々な場合があるでしょう。普通に病院で産み、出生届も出しその後育てられなくなった場合。人知れず産み落とし遺棄した場合など、事情が違えば子を捨てた母親の全体像を把握するのは非常に困難であり、その数字は失踪者《しっそうしゃ》の中にも、身元不明の死者の中にも、所在のわかっている生活者の中にもいかようにも紛れ込ませることが出来るわけです。たとえ放置された子供の数とその子供を産んだはずの母親の数のバランスが大きく崩れていたとしても、本来の子供の母親の所在が確認出来ていない限り、その概算値は正確さには欠ける数字になります。私が隠された数字と言っているのはこのことです。子を捨てた母親の数です」

議場は静まりかえっていた。誰もが島田の言わんとしていることの意味を理解しようとして理解出来ないでいた。

放置された子供の数と、その子供を産んだはずの母親の数のバランス。

神尾は相変わらずジッと目を閉じている。

「ユリカゴに収容される子供の数は設立以来増加の一途をたどりました。それに見合う数の母親が実際には存在しないにもかかわらず」

議場が一斉にどよめいた。「母親が存在しない？」「どういうことだ？」

議長が注意を促した。

「島田議員は個人的な推測で発言しないように。もう少しわかりやすく説明してください」

「子供を遺棄した母親の数を、統計局及び各自治体、警察庁などの人口のデータの数の中に紛れ込ませるのにも限界があった。いずれ整合性がとれなくなることは目に見えていた。遺棄された子供の数と遺棄した母親の数をこれ以上乖離《かいり》させるわけにはいかなかった。その為には人口のデータを一箇所に集約してリセットし、人為的に細かく改ざんする必要があった」

議場は騒然となった。島田は声を大きくして言った。

「総理に再びうかがいます。小宝島データセンター、マザーにおけるデータ紛失事故は作為的なものではなかったと言い切れますか？」

おさまらないざわめきの中、神尾が答えた。

「小宝島データセンターのデータ紛失は、あくまでもシステム上の問題であり、その直接的な原因は現在も調査中ではございますが、機械トラブルを引き起こした原因に関しましては明らかに南西諸島北部地震であることは間違いのない事実であり、先程来貴方がおっしゃる……何ですか……不自然な役割？　といったようなことが小宝島データセンターにおいて我が国の人口データを改ざんするということを指すのであれば、それは単なる妄想にすぎず、そういった事実は一切ございません」

神尾が着席すると、すぐに島田が手を挙げた。

「島田大地君」

「マザーの不自然な役割と申し上げたのはそのことではありません。まあ、データ改ざんもその一つであるかもしれませんが、私が申し上げているのはもっと重大で深刻な役割です」

一瞬、神尾の血の気が引き、島田を睨み付けた。島田は神尾とは目を合わさず質問を続けた。

「ここに一冊の古い資料があります」

この証人喚問の焦点である、長い間内閣府の地下に眠っていたという例の資料だ。

島田のこの一言で議場は緊張につつまれた。

「この資料の存在は以前から噂《うわさ》されていましたが、実在するということが明確になったきっかけは内閣の何者かによる内部告発でした。1月18日付の雑誌『日本タイムズ』の記事によれば、この資料は我が国の政府が長年に渡り国際法を破り大罪を犯し続けていることの動かぬ証拠になり得るということであります。更にこの情報は政府でも一部の人間しか知ることが不可能な情報であり、ある正義の有志による内部告発であると……」

ここで島田はいったん息をつき間をおいた。

神尾は動かない。

「えー……大変申し上げにくいお話になりますが、先月24日、草野武夫官房長官が自宅で自死されました。とても痛ましい出来事で、遺言に当たるようなものは一切残されていませんでした」

議場に更に緊張が増す。

「総理。草野官房長官は長年に渡る総理の右腕とされてきた大変優秀な人物でした。その人物が、ここへきて突然自死されなければならなかった理由が私には理解出来ませんでした。しかし仮にこの内部告発者が草野氏であったと考えた時、……草野氏が自らの命を賭《と》して正義の告発をするために行動したとするならば、それが妥当なものであったようにも思えるのですが、総理はどうお考えですか」

誰も何も言わない。

「……内閣総理大臣」

神尾は立ち上がり、今度は島田を真《ま》っ直《す》ぐ見つめ言った。

「草野君の死はあくまで個人的な事情によるものであり、何も知らない部外者が勝手な憶測や邪推によって死に意味づけをするようなことは、故人の生命の尊厳に対する大きな冒瀆《ぼうとく》であり、決して許されることではないと考えます」

草野武夫は神尾良三の側近中の側近と言われていた人物だった。二人は親友とも兄弟とも呼ばれ、若い頃からまさに二人三脚のようにして政界を渡り歩いてきた。現在の国家の形はこの二人によって創案され作られたと言っても過言ではないという人々はたくさんいた。また草野の今回の自殺に関しては、今島田が発言したように、草野が内部告発者であったのではないかという無責任な憶測が政界、マスコミにも飛び交っていた。それだけに、盟友草野の死に対する神尾の言葉はずっしりと重く議場にのしかかったようだった。

その空気を押し返すかのようにゆっくりと島田が手を挙げた。

「島田大地君」

「……総理。貴方は今、生命の尊厳とおっしゃいました。私が貴方に直接うかがいたいのもまさに、人間の生命の尊厳に対する貴方のお考えであります」

島田は深く息を吸って続けた。

「ある内部告発者によってその存在が明らかにされたこちらの資料は２０２０年、今から81年前に書かれたものです。表には『国力補強計画』と書かれています。総理、貴方はこの資料の存在をいつからご存じでしたか？」

「内閣総理大臣」

「……私も今回初めて知りました」

議場から一斉に野次が飛ぶ。「嘘《うそ》をつけ！」「とぼけるな！」

しかし島田は神尾の言葉をまんざら信じないではなかった。この計画に関して政府は一切の証拠を残さないで進めてきたはずだ。全てを極秘裏に、メモなどといったかすかな痕跡《こんせき》さえも残さずに、隅々まで徹底した証拠隠滅の管理を行っていたはずだ。まして抜かりない神尾がこの古ぼけた資料の存在を知っていたならば、わざわざ残しておくはずがない。

神尾はおそらく知らなかった。この資料を見つけたのは草野だ。草野は自らの政治家人生の大半を費やすことになった計画の罪の重さに耐えきれなかったのだ。だから命がけでこの資料の存在を密告したのだ。そう島田は確信した。

「この資料の説明に入る前に、当時の時代背景をざっとではありますが説明させてください。実はこの資料が書かれた年は遺伝子学界にとっては革命的な年でした。新素材、ヒューマンカーボンが発明された年であります。炭素にある特殊な放射線を照射し、分子構造を組み換えることによってこの素材は生成可能となりました。この発明は医学界のみならず、生物科学全体を飛躍的に発展させました。ヒューマンカーボンと万能細胞の合成により理論上人間の臓器は全て人工的に製造可能ということになりました。また当時すでに制限酵素などを用いた遺伝子組み換えの技術はかなり高度に発展しており、受精卵の遺伝子改造、遺伝子デザインの技術はハイレベルに達していました。また体外受精の技術も進歩しており、更に、代理母出産の増加も著しく様々な社会的問題を引き起こしていた時代とも言えます。同時に体細胞クローン技術も高度に発展し、これらの技術を複合的にヒトに応用した場合に起こり得る生命倫理上憂慮すべき課題は山積しており、各国、各分野で多くの禁止条項が制定されていました。ここにあります資料はその時代のバイオテクノロジーを背景とし、後に予想された量子コンピュータの完成を見越して作られた計画案であります。おそらく作成された当時は、単なる絵空事として一笑に付されるような代物《しろもの》であったことでしょう。だからこそ長年に渡り人目に触れることもなく、時代の中で置き忘れられたように地下に眠り続けた。しかしこれが書かれた5年後、量子コンピュータが完成すると俄然《がぜん》この計画が現実味を帯びてきた。我が国の当時の政府の何人かが極秘裏にこの計画を現実のものとして受けついだ」

神尾の顔色が若干曇っているように見えた。

神尾は自分がどこまで真実に近づいているのか計りかねて、不安を感じているのだと島田は思った。

「『国力補強計画』における〝国力〟とは〝人〟のことであります。つまり〝国民〟です。しかも〝優秀な国民〟のことであります。この計画書は優秀なDNAを持つ、人工的に合成された生命体を製造しようというものです。簡単に言えば国家が人間を生産しようという計画です」

島田は突然核心に触れた。

議場にざわめきが起こった。心なしか神尾の顔にうっすらと汗が滲《にじ》んでいるように見える。

「この計画書にはこうあります。『現在の、国家存亡の危機的状態において、国策として急務なのは優秀な人員を増やすことである。ヒューマンカーボンの開発及びDNA改造技術の発達により人工的に国家が望む人間を製造する下地は整ったと言える。今政府が行うべきことは、来《きた》る量子コンピュータ完成に備え、国力たる国民を生産出来る状態を整え、その人員を受け入れる態勢をあくまで秘密裏に作ることであり、この計画を超党派で恒久的に引き継いでいくことこそが、将来の我が国の発展に繫《つな》がる大きな要素となる。一、国民を製造する生産機関を作る事。一、国民たる新生児を受け入れる施設を作る事。国家にとって財産たり得るのはまさしく優秀な国民である。国家戦力となる新しき国民の生産育成こそが今後の我が国の経済的または軍事的発展の可能性を開き、救国へと導く唯一《ゆいいつ》無二の道である』」

島田はコップに水をつぎゆっくりと飲んだ。その手はかすかに震えていた。

「……今から81年前に書かれた資料ではありますが、こうして見るとまるで近未来のＳＦのようであります。もし、ここに書かれている計画が実行されたならば、我が国は少なくとも12以上の国際法に違反することになり、生命に対する国際的な大罪であります。……そして計画は実行された。国家の中枢《ちゅうすう》にいるほんの数人だけが特命として引き継ぎながら。総理。あなたはその特命を受けた一人なのではありませんか？」

議場は物音一つしない。

この国の政府が人工的にハイブリッドな人間を製造しているのではないか、というオカルト的な憶測は以前からあった。しかしそれをまともに信じる人は少なかった。今回、「日本タイムズ」のすっぱ抜きにより、都市伝説が現実のものとなった。事実ならこの国の犯した罪の深さは計り知れない。世界はあらゆる手段で人類が生命を創《つく》り出すことを禁じていた。

しかし現時点で、人間の生命倫理や法整備が、進歩したバイオ技術に追いついていないのも事実だった。罪が現実のものだったとしても、それをどう裁けばいいのか、生まれてきた人々に何を償えばいいのか、誰も答えを知らなかった。また、国家の罪の規模がどの範囲までに及ぶものなのか、誰一人知る者はいなかった。おそらく神尾良三ただ一人を除いては。

そして神尾は世界が戸惑うだけで罪の裁定など出来ないことを知っているのだ、と島田は思った。許すわけにはいかない、と。

島田は呆然《ぼうぜん》としている議長を目で促した。

議長はハッとして指名した。

「……内閣総理大臣、神尾良三君」

神尾はゆっくりと立ち上がると相変わらずの無表情で答えた。

「貴方の空論にこれ以上付き合うことは出来ませんな」

神尾が一つ気にしているのは、自分がどこまで知っているかだ。ならば教えてやろう。と島田は思った。

「島田大地君」

「総理、これは空論ではありません。生命の尊厳のお話です。もう少し付き合っていただきます。先程申し上げました小宝島データセンター、マザーにおける不自然なもう一つの役割についてです。量子コンピュータ完成とヒューマンカーボンの開発により、人類は理論上、無生物から生物を創り出す技術を得た。そしてこの国は、一部の研究施設で実際に人間の製造に取りかかった。おそらく今から50年前。国立乳幼児センター、ユリカゴ設立の年です。ユリカゴは人工人間の受け皿としてつくられた施設だった」

神尾がジッとこちらを睨み付けているのがわかった。島田は続けた。

「それから15年。この国の人口は徐々に上昇に推移した。最初に創られた人工人間が高校に進学する頃、おそらくこの計画は一定の成果を上げたと判断されたんでしょう。つまり国家の望む国力たりうる優秀な人材が育成されたと。そして計画を第二段階にシフトさせる決断が下された。つまりそれまで試作的、段階的につくられていた人工人間の数を一気に引きあげる計画。人間の大量生産です」

議場から驚愕《きょうがく》による溜《た》め息のような声が漏れた。

「しかしそうするには問題が二つあった。一つは人口の推移の問題です。一気に生産数を上げるには公にされる人口の数字との整合性が必要だった。どこかでうまく帳尻《ちょうじり》を合わせなければならない。逆に言えばそれほどの無理な数字だったと言えるのかもしれません。もう一つの問題はこの国の何処《どこ》に、いかに秘密裏に大規模な、人間を製造する施設をつくるかです。国家が国費を投じて、望む機能を果たす為の建造物をつくるとなれば、いやがうえにも目立つ。計画はあくまで極秘で行わなければならない。つまり何かの公共事業の影に紛れ込ませる必要があった。トカラ列島小宝島上に巨大な国家の情報のデータを集積するバックアップセンターをつくるという貴方のアイデアは、この二つの問題を同時に解決する画期的なものだった」

神尾は動かなかった。今どんな気持ちでいるのか、その表情からは何も読み取れなかった。

「我が国の地震予知の精度は年々上がっています。マザー計画発案当時、施設完成の２０７1年から先の10年の間で南西諸島を震源とするマグニチュード５以上の地震が起こる確率は80％以上。この先20年とすれば98％の確率だと予知された。貴方にとってはそれで充分だった。地震の規模はそれほど大きくなくていい。マグニチュード５あれば、データ紛失の理由としてどうとでも誤魔化せる自信があったんでしょう。少し予定していたよりは遅れたが、思惑通り地震は起きた」

議場には「信じられない」というようなざわめきが漏れた。

「データ改ざんの問題提議はこれで果たせた。しかし私がここでお聞きしたいのは、もう一つの方の、より重要なマザーの役割です」

神尾が一つ咳払いをした。

「マザーは確かに表面上はデータバックアップセンターだった。しかし本当はそれを隠れ蓑《みの》にして、地下に巨大な施設が同時につくられた。マザー本来の役割を果たす施設が。それは」

神尾は真っ直ぐに島田を見ていた。

議場は時間が止まったような静寂だった。

「人間を大量生産する工場です」

神尾は目を逸らさなかった。島田もまた神尾を真っ直ぐに見つめていた。

「マザーの地下には、おそらく何千……いや何万という子宮が眠っている。人工的につくられた、受精卵を抱いた子宮が。それがマザーの、本来の役割です」

二人は青ざめたまま見つめ合っていた。

議場は騒然となった。数々の怒号が飛び交う。

「マザーの稼働《かどう》、運営、研究、計画の推進はこの機密を知っているわずかな人員によって極秘のうちに行われている。おそらく今ではその大半が国力補強人員として国家の望む通りに遺伝子をデザインされ、マザーで製造された優秀な国民の、その中でも選抜された人間達でしょう」

事件の規模がここまでに及ぶものであるとは誰も予想していなかった。議場にいる全ての人が目眩《めまい》を起こしているような顔をしていた。

「恥ずかしながら私には、貴方の罪の深さがわかりません。貴方はおそらく政治家としてかなり早い段階でこの国策を引き継ぐ任をまかされた。そして見事にプロジェクトを拡大させ、計画通りこの国は繁栄し文明は進歩した。しかしこれは、人命に対する罪ではないのですか？　貴方はどんなお気持ちで人工的につくられ、生まれてくる子供達を見つめていたのですか？」

議長は、指名することを忘れ神尾を見つめていた。

「くだらんことを言うな！」

神尾は座ったまま怒鳴りつけた。島田は冷静に応じる。

「総理、お答えください。貴方は人間の生命の尊厳についてどう考えているのか」

議場に何度目かの長い沈黙が訪れた。それを破ったのは神尾の方だった。

「根拠を示せ」

現実主義の神尾らしい言葉だと島田は思った。ここまできてもあくまで白を切り、全ての説明をこちら側からさせようと言うのか。

「根拠は、私自身です。貴方は私の質問に答える義務がある。わかっていらっしゃるはずだ。総理、私はユリカゴ出身者です」

島田大地は２０５１年生まれ。国立乳幼児センター、ユリカゴ開設初年度に収容された子供の一人であり、施設出身者で初の国会議員だった。

島田は神尾に聞いた。

「貴方は、いつからそうやって私を見ていたんですか？」

神尾は、少し目を細めているように見えた。

国が自分を分析していないはずはないと島田は確信していた。たとえマザー計画の人員として選抜されなかったとしても、自分のこれまでの思考や行動は逐一データとして集められ、観察されていたはずだ。自分は人工人間ゼロ号なのだから。

「総理。試作品のようにつくられた私の世代はどのぐらいいたのですか？　何十人？　いや、何百人でしょうか？　貴方はいつから私を知っていたのですか？　貴方は私達のことを、どんな心境で見つめているのですか？」

神尾は少し青ざめているようにも見えた。

「小宝島、マザー地下の巨大な施設には、今、いったい幾つの人工子宮が……人間の温床があるのですか？　そこに何人の胎児達が眠っているのです？　何万ですか？　何百万ですか？」

議場は凍り付いていた。またその様子をテレビ中継で見つめている世界中の人々も同じように言葉を失っていた。

島田の言っていることが事実だとすれば、この先世界はどうやってその事実を受け入れればいいのか。

「……ここに、とても古い資料があります。今回私がこの件を調査している過程で偶然見つけた、おそらく取るに足らない資料です」

島田が取り出したのは、歴史に埋もれ忘れ去られた２００７年の新聞の切り抜きだった。

見出しにはこうある。

〝産む機械発言、波紋〟

「これは当時、某大臣が女性は産む機械であると発言し、女性蔑視《べっし》として批判されたものであります。歴史をひもとくという作業は時に実に興味深い作業です。私も、この90年以上も昔の一政治家の発言が今回の巨大な計画に直接繋がったものと考えているのではありません。調べてわかるのは当時この言葉が、あくまで比喩《ひゆ》として用いられた言葉であり、発言した本人も、反発した側の人々も、誰も現実的なものとしてとらえていたのではないという事実です。しかし同時にその裏に見えてくるのは、２００７年当時、我が国がこの発言を誘発させ、いっとき、半ばヒステリックとも言える世間の反応を起こさせなければならないほど、出生率、及び国力低下の問題がひっ迫していたという社会的状況です」

今から94年前のこの国の状況を実感を持って記憶している者など、今や誰一人いなかった。

神尾は眩《まぶ》しそうに島田を見つめている。

「……大した想像力だ」

「私の話が全て、想像による作り話だと言うのですか？　ならば総理、真実を教えてください。私の母は何処にいるのですか？　私の父は……貴方なのですか？　それとも国家ですか？　総理、教えてください」

島田は叫ぶように言った。

神尾はなぜか微笑んでいるような顔で島田を見つめ、静かに呟いた。

「私は君の話が作り話だと言ったのではない。大した想像力だと言ったんだ。君は国家が望んだ通りの子供だ。我々は君のような人材の出現を望んでいたんだ。私は君を見ていて、この計画を引き継いだことが間違いではなかったと確信した」

「……何を言っているんだ？」

「君は自分の存在を国家の罪だと言い切れるのかね？　今までの人生が全て無駄だったと言い切れるのか？　高度に技術が発達した文明は、君のように不連続に飛躍した頭脳を必要としたんだ。我々の計画は成功した。君の存在がその証拠だ」

島田は初めて言葉に詰まった。

そして世界は思考停止した。

贈り物

1980年、12月8日。

時間はそこで止まっていた。

ダコタハウスの前には、血まみれの青年が倒れ、その手前には、今、まさに彼を撃ったばかりの怪物が両手に銃を握り締めたまま、立ちつくしていた。

倒れている青年の名はジョン・レノン。

立ちつくしている怪物の名は、マーク・チャップマンである。

この世界の全《すべ》ての時間が、そこで止まっていた。

全てが静止している中で、ただ一人、不機嫌そうにブツブツと何かを呟《つぶや》きながら青年と怪物の間を動き回っている、太っちょで、白髪の老人がいた。

その老人こそが、この世界の時間を止めた張本人。クリスマスの使者、サンタクロースであった。

「クソッ……なんてこった」

サンタクロースは、動揺していた。

クリスマスにはまだ少し早いその日。いつものように彼が世界中の子供達へのプレゼントを準備していると、世界の何処《どこ》かから、とても強くプレゼントを欲しいと願う子供の『思い』が彼のもとに届いたのだった。

「わしも、今まで随分長くこの仕事をしてきたが、これほどの強い思いは感じたことがない……」

それはとても切羽詰まった、強烈な『思い』だった。

サンタクロースは、その思いの主が一体どんな子供なのだろう？　とそれを確かめる為《ため》にここへ来たのだった。

その思いの主に導かれるままに、この地上へ降り立った瞬間、目の前でこの惨劇を目撃することになったのだった。

思いの主は、青年を撃った怪物だった。

チャップマンはジョンを見つめ、心の中で繰り返していた。

……コイツは全てを持っている……俺には何もない……俺は……何も持っていない。

サンタは自分の目の前で、青年が撃たれる瞬間、思わず世界の時間を止めたのだった。

それは、クリスマスの夜に、たった一晩で世界中の子供達にプレゼントを配らなければならないサンタクロースが、年に一度だけ使うことが許されている魔法だった。

しかし、一歩遅かった。

銃は火を噴き、ジョンは倒れた。

サンタは、ジョンのファンだった。

いつも大ぼらを吹き、人々を楽しませ、熱狂させ、笑わせ、怒らせ、混乱させる、やんちゃで、どうしようもない、子供のようなジョンの姿は、サンタがその身を捧《ささ》げることを誓ったイエスにどこか似ていた。

その愛すべき青年が、今、自分の目の前で撃たれたのだ。

「なんてこった、くそっ……ナンテコッタ……」

愚かな太っちょの老人は、ただそう繰り返してオロオロしているのだった。

あれから、どれほど時間を止めたままでいるのだろう。

赤鼻のトナカイ、ルドルフが言った。

「……ねえ、ご主人、言いにくいがこりゃあルール違反だ、今日はまだ8日ですぜ、こんな時に時間を止めちまって……それに、いくらなんでもそろそろ時間を元に戻さないと、世界がこのまま固まっちまいますぜ」

「うるさい！　笑いものの役立たずめ！　そんなこと、お前に言われなくてもわかってる！」

サンタは怒鳴りつけた。

ルドルフは、他のトナカイ達と顔を見合わせ、やれやれという表情で溜《た》め息をついた。

サンタは、時間を止めたその瞬間から、ずっと考え続けているのだった。

「わしは、この怪物に、一体何をプレゼントすれば良いのだろう？」と。

この見ず知らずの怪物に……。

大好きだった、明るくてやんちゃな青年を、自分からも、この世界からも奪ったこの怪物に、自分はサンタクロースとして、何をプレゼントすれば良いというのだろう？　と。

サンタは怪物を見ながら考えた。

怪物は確かに、この世界の誰よりも、何も持っていないように見えた。

この怪物は、きっと、こう思っている。

ジョンに比べて、自分は何てありきたりなんだろう、と。

自分は何て平凡でつまらないのだろう、と。

そして、きっとこう思っている。

自分には何もない。だったらせめて、何もかも持っているこの人気者を、この手で殺すことによって、自分は何かを手に入れることが出来るはずだ、と。

自分は何にも縛られない。自由だ。彼を消すことこそが自分の自由な表現であり、誰にも真似《まね》出来ない自分だけの、オリジナルなのだ、と。

この惨《みじ》めな怪物は、愚かにもそう考えているに決まっている。

サンタには、それが容易に想像出来た。あまりにも容易に、その怪物の考えが想像できた。

なぜなら、今までの人類の歴史上、ウンザリする程の、実にたくさんの人々が、この怪物と同じことを考えてきたのをサンタは知っていたからだ。

いつも、怪物達は、自分が自由だと思い込んでいる。

殺すことも、その自由の一つだと。

そしてそれが自分のオリジナルの発想だと思い込んでいる。

このありふれた、あまりにもありきたりな発想が、自分たった一人のオリジナルだと。

「オリジナル？　バカな！」

と、サンタは呟いた。

サンタは知っていた。

殺すということが、いかにありふれた行為であるかを。

〝殺す〟という表現。

それは過去に、実に多くの人類が繰り返し繰り返しやってきたことで、それは本当に吐き気がするほど退屈な発想だった。

たった今、サンタの目の前にいる、この惨めで哀れな怪物も、ここまで育ってくる過程で、何かを見聞きしながら生きているうちに、いつの間にか、それを植えつけられたにすぎない。

それは、かつて〝誰か〟がやったことで、オリジナルでも何でもない。

いつの間にか、植えつけられた〝既成のイメージ〟にすぎない。

この惨めな怪物は、それを自分だけのオリジナルな発想だと思い込んでいる。実に平凡なこの発想を。

これまで、人類が何度戦争を繰り返してきたことか。

いつだって、怪物達は、過去に〝誰か〟がやったイメージに縛られて、がんじがらめで、何一つ、自分が自由になんかなれていないことに気付かないのだ。〝自由〟とは、その繰り返される既成のイメージから解放されることなのに。本当の〝自由〟とは、無秩序な過去の自分の思考と決別する覚悟であるのに。〝自由〟とは、今までの、慣れ親しんだ〝古い、使い古された自由〟と決別することなのに。そうしなければオリジナルにはなり得ないのに。

そうしなければ、空なんか飛べないのに。

いつだって、取るに足らない怪物達は、そのことに気がつかないのだった。

サンタクロースは、自分が時間を止めたままの世界で、目の前に広がる光景が、あまりにもありきたりな出来事であることに、怒りを覚え、震えながら、オロオロと、お馴染《なじ》みの見慣れた怪物を見つめ考え続けているのだった。

「……わしは、この怪物に一体何をプレゼントすればいいのか……」

そしてようやく、気がついた。この怪物にはおそらく自分が見えていないだろうということに。

「確かに……」

とサンタは呟いた。

「お前には一つだけ持ってないものがあるようだ……」

殺された青年が有り余るほど持っていて、目の前の白っちゃけた怪物が持ち得なかったただ一つのもの。

自分から解放される為、自由である為、オリジナルである為に必要なただ一つのもの。

それは、クリスマスにサンタクロースを見つけだす子供じみた能力だ。何もないように見える世界に、本当は漂っているものを見つけだすバカげた能力だ。殺された青年が生涯を通じて駆使し続けた能力だ。

「ふふっ……」

とサンタが突然笑い、トナカイ達は目を見合わせた。この爺《じい》さん、とうとう気でもふれちまったのか？　と。

しかしそういうわけでもなかった。

サンタは思い当たったのだ、目の前の怪物に渡すべき贈り物を。そして〝それ〟を贈るのは自分の仕事ではないということを。〝それ〟は殺された青年からすでに怪物に贈られている、ということを。

だから、急に楽しくなってサンタは思わず笑ったのだった。

「……あのぉ……ご主人様……」

「わかってる！　もう済んだ。さぁ、出発だ！　ボヤボヤしてると間に合わないぞ！」

サンタクロースは叫ぶと、時間を元に戻し、橇《そり》を走らせ空に舞い上がった。

「メリークリスマス！」


〝それ〟は、一つの音楽だった。

――イマジン、想像してごらん――

その日以来毎年、12月8日になると、青年の声は必ず世界中に流れるようになった。クリスマスの頃になると、決まって歌声は鳴り響き、どこにいても聞こえ、怪物の耳にも届いた。怪物は、歌声から逃げることが出来なかった。耳をふさいでも叫んでも無駄だった。音楽はしつこいぐらいに何度も何度も繰り返されるのだった。

青年が言うのは、ありきたりなようで、ただ一つのオリジナルで重要な言葉だった。青年が持っていて、怪物が持っていなかった、ただ一つのものだった。

——イマジン、想像してごらん——

それがジョン・レノンが怪物に贈ったクリスマスプレゼントだった。

モンスター

文明は常に暴走の危険をはらんでいる。

悟《さとり》と名付けられた青年は、無残にも研究所の床に横たわり、遠のきそうになる意識を必死につなぎ止めながら叫んでいた。いや、叫んでいるつもりだったが、声は微《かす》かな呟《つぶや》きにしかならなかった。

「……あかり……あかりっ……」

悟の前に倒れているのは、天馬灯《あかり》。

研究所の所員で、悟にこの世界が存在することの重要性を初めて知らしめた、ただ一人の女性だった。灯の白衣は爆発による黒煙で汚れ、黒く長い髪は波打つように床に広がっていた。

悟はなんとか左手を伸ばし灯に触れようとしたが届かなかった。下半身の感覚は失われていた。倒れてきた巨大な機械の下敷きになっていることはわかったが、首をあげて確かめることすら出来ない状態だった。もしかするともう自分の両足は失われているのかもしれない。

所々で青白い稲妻のような閃光《せんこう》が走り、次元を切り裂く金属的な爆発音が響いた。

悟と灯の周囲は青い炎で包まれていた。もし灯の意識が戻ったとしてもこの特殊な炎を超えて脱出するのは困難に思えた。ピカッピカッと閃光が灯の髪に反射する。そのたびに悟は妖《あや》しく光る艶《つや》やかで懐《なつ》かしい灯の長い髪を美しいと感じ、同時にこの期《ご》に及んでまでも自分の中にそんな思考が生まれることに恐怖を感じた。

自分はやはり怪物なのだろうか？　文明の暴走。まさに自分こそがその象徴のように思えた。

しかし今はそんな思いに時間を費やしている場合ではない。宇宙は今まさに崩壊しつつあるのだ。空間に広がりつつある次元のひび割れをなんとか食い止めなければ。

悟はできる限りの力で左手を灯に伸ばす。

「……灯、頼む……目を覚ましてくれ……」

うつぶせに倒れた灯の顔は悟の位置からでは見えなかった。それでもほんの微《かす》かに背中が上下していることから灯が息をしているのは確認できた。

近くでまた大きな爆発。振動と熱風が襲ってきた。

悟は思わず全身に力が入りそうになったが、かろうじて右手の指の筋肉だけをゆるめ、その手の中のものを握りつぶしてしまわないようにした。

悟の右手の中にあるのは卵だった。

まっ白な卵。小さくて美しくて不安定で、あとほんの少しでも強く握ったら割れてしまいそうで、かといって力をゆるめたら落としてしまいそうで、持ち方が難しかった。

この卵の中に未来がある。悟はなんとしても、灯の意識を戻し、この卵を手渡さなければならなかった。たった一つの、宇宙の卵を。


鹿児島の更に南。南西諸島に属するトカラ列島の一つ、宝島。かつて海賊キャプテン・キッドがこの島に財宝を隠したという言い伝えがあり、スチーブンスンの小説『宝島』の舞台ともなったこの島に〝SATORI研究所〟はあった。悟は、自分の名前を冠したこの研究所の若き所長だった。世界は悟の研究に莫大《ばくだい》な予算を投じこの分野で世界最大の施設をつくった。

次元物理学。

それが悟の切り開いた学問であり、SATORI研究所で実験、開発されている最先端科学の分野だった。

物理量の最小単位、量子の世界。原子や光子、粒子線といった自然界の極小のスケールにおいては、物質が時間や空間に影響された、連続した一定の振る舞いをせず、マクロな世界の力学が通用しない、飛び飛びで不連続な現象が起きる。それはあたかも古典物理学の常識においては奇跡に見えるような、超自然的な現象だった。

次元物理学とはそういった量子飛躍を利用したエネルギー生産を追究する学問だった。

量子スケールの場では、電子や光子といった粒子はたった一つであっても、別々の場所に同時に存在し共存するといった現象が起きている。それはマクロの世界で言う〝次元〟が何十にも重ね合わさるようにしてこの世界が構築されていることとの一つの手がかりでもある。

我々の存在する現実の次元と別の幾つもの次元。その重なりが交差し互いに通じる場がミクロの世界にあるとするならば、そこには、独自に進化した我々の宇宙と、全く別の進化の過程を通った別の宇宙が交差し共存する〝場〟があるはずであると悟は考えた。そしてその論理に基づいてその〝場〟に人為的に次元スピンという現象を起こし、多次元をベースとした遺伝子改造によるエネルギーを生産しようとした。

次元スピンというのは簡単に言えば極々小さなスケールにおける小規模なタイムスリップのようなものだ。マクロなスケールの〝場〟においては順列の因果関係をもって繋《つな》がって影響し合っている時間と空間が、バラバラに同時に共存しているミクロの特定の〝場〟に、ゼータ線という電磁波を照射して揺らぎを起こさせると、それまで別々の次元として存在していた時間と空間が同一次元として混合した〝場〟が誕生するのではないか。次元スピンとは、その現象を導く作用のことだ。

悟は、次元スピンを起こすことが出来れば、ミクロの〝場〟において別の次元の生物と、自分達の次元の生物の遺伝子を掛け合わせることが出来るのではないかと考えた。スーパーハイブリッドだ。そこから得られる遺伝子エネルギーは計り知れない。

この宇宙をその誕生から、秩序へと導いているのは、生物の遺伝子エネルギーであるということは多くの科学者が既に唱えていた。個々の遺伝子は必ず進化へと進むエネルギーを内在し、そのエネルギーによって世代交代を繰り返し、宇宙の生命秩序を構築している。これが宇宙誕生の原動力であり、また宇宙が無限に広がり続ける根拠ともなっている。宇宙はその空間を広げることによって遺伝子エネルギーを拡散し飽和を避けているのだ。つまり遺伝子エネルギーが失われれば宇宙そのものの膨張も失われるだろうと言われていた。

現在、生物の進化はある種の極限まで達していた。

人工交配を繰り返し、恣《し》意的に不自然なスピードで加速された人類の進化は臨界点に達し、今後停滞するだろうと予測されていた。進化が止まれば宇宙はいずれ縮小に向かい始める。いったんその方向性が定まってしまえば些《さ》末《まつ》な生物にそれを止める術《すべ》はない。止めるどころか、一たび方向性が逆流しだせば、今まで早めた進化の揺り返しのようなことが起こり、宇宙の縮小は加速し、数秒で消滅する可能性すらある。この現実は発展のみを目的とし、事実目的通りに発展してきた人類にとって実に皮肉な結論に思えた。

悟の研究はその状態を打破しようというものだった。縦の進化が望めないならば、横に飛躍しようと考えたのだ。これこそが次元スピンによる多次元遺伝子改造という発想だった。この宇宙の隣に、別の進化を遂げた宇宙があり、別の進化を遂げた生物が存在するならば、その生物と人類の交配は次元間ギャップによる進化で新たな遺伝子エネルギーを生み、宇宙の膨張を促す要素になる。しかも別の次元が重ね合わせで無限に存在するならば、横の進化により得られるエネルギーも無限であるという理論だった。

全世界は悟の理論に驚愕《きょうがく》し、宇宙救済の望みを悟に託した。こうして出来たのがＳＡＴＯＲＩ研究所であった。

今、全世界の望みであったＳＡＴＯＲＩ研究所は青い炎で包まれ崩壊寸前となっていた。

「……灯」

悟は呟くが灯は目を覚まさない。

キリキリと次元に亀裂《きれつ》が走る音がしている。

実験はあるレベルまでは成功したかに思えた。顕微鏡の中では確かに人類の知り得ない未知のＤＮＡを採取し、ヒトのＤＮＡへと組み込ませることが出来たはずだった。

しかし突然事故は起きた。開いた次元孔の規模が思った以上に広がりすぎたのか、次元の亀裂はマクロの世界にまで進出しようとしていた。照射したゼータ線の威力が大きすぎたのかもしれない。突然目の前が光に包まれ大音響とともに研究所全体が歪《ゆが》み、空間全《すべ》てから青い炎が噴き出した。次元摩擦による火災だ。

どのぐらいの時間、意識を失っていたのかもわからない。悟が目覚めた時にはすでにこうして床に倒れていて、目の前に灯が横たわっていた。灯の意識はまだ戻らない。

一瞬、悟の脳裏にフラッシュバックが起こる。


森の中の静かな池。その畔《ほとり》に立っているのは醜い怪物だ。フランケンシュタイン博士がつくった人造人間である。

池の水面に白い小さな花が浮かんでいる。

ジッと花を見つめていた怪物はやがてその美しさに魅せられ、そっと手をのばす。

怪物は自分の力が大切なものを破壊してしまう力であることを自覚している。しかしその時は花に触れてみたいという欲求が抑えきれなかったのだ。

花を手にしたその時、突然、強い目眩《めまい》に襲われ頭の中が白くなる。

遠くで聞こえていた悲鳴が徐々に大きくなる。

ハッとして見ると怪物が摑《つか》んでいるのは少女の細い首だった。その首からは白い貝殻のような首飾りが下がっていた。白さが怪物の目を刺し、正気に戻した。

白い花に見えていたのは、紛れもなくこの世界でたった一人だけ怪物を恐れないでいてくれた白い服を着た少女だった。

悲鳴が途切れ、一瞬少女が不思議そうな瞳《ひとみ》で怪物を見る。

怪物は慌《あわ》てて手の力をゆるめる。

遠くから村の男達の声が聞こえてくる。

「その子を放せ化け物め！」「放さないと撃つぞ！」男達は銃を構え、こちらを狙《ねら》っている。

怪物は狼狽《ろうばい》し少女をそっと下に降ろす。少女はジッと怪物を見上げている。

よろよろと逃げ出した怪物の後ろから銃声が鳴り、体のあちこちに衝撃と痛みが走る。


それは悟が幼い頃から施設の教育担当者に繰り返し聞かされた物語だった。

フランケンシュタイン博士の怪物。

文明の暴走を避けるために施設はハイブリッドな子供達の潜在意識の中に制御装置としてこの物語を根付かせることを課していた。

怪物の暴走を描いた物語を。

——ボクはやはり、怪物なのか——

悟は生まれつき特殊な頭脳を持っていた。

人類の進化が臨界点に達したと世界が判断したのは、まさに悟の存在を根拠とした。

悟が生まれたのは研究所の立つ宝島の隣に位置する小島、小宝島にあるマザーという人工人類生産所であった。

優秀なDNAに電気的な改良を重ね、人工授精し、それを何万もの人工子宮の中で育て、誕生させる技術を獲得した人類は、これまでに既に何世代もの人工人間を製造してきた。中でも突出した頭脳を持つ個体の誕生は、このマザー計画の目標とするレベルの達成として世界中のニュースとなった。

その個体が悟だった。名はただ単に悟。名字はない。

悟の持つ頭脳は遺伝学的に不連続な量子飛躍によって生まれた脳だった。一般には突然変異と呼ばれるものに近かった。しかしそれは恣意的に科学によってつくられた飛躍でもあった。

〝遺伝子モンスター〟と彼を呼ぶ者さえあった。確かにその頭脳は驚異的でもしも暴走すれば、世界を支配し人類の上に君臨する可能性もあった。有史以来、何度も文明の暴走によって潰滅《かいめつ》の危機を繰り返してきた人類は、自ら生み出した子供を自ら恐れたのだった。だからこそフランケンシュタインの怪物の物語を悟たちの幼児教育の中に入れたのだ。

しかし、自らを異形の者として誰よりも恐れていたのは他ならぬ悟自身だった。

『怪物と闘う者は、自らも怪物とならぬように心せよ。なんじが久しく深淵《しんえん》を見入るとき、深淵もまたなんじを見入るのである』

何世紀も前に存在した怪物、ニーチェの言葉は幼い頃から何度も悟の中で繰り返された。次元スピンによる遺伝子改造理論は、まさに怪物的に傑出した悟の頭脳によって生み出された理論だった。

悟は、この理論自体が暴走し、怪物となり宇宙を破滅させる可能性を何よりも恐れていた。そして今、可能性は現実のものとなりつつあった。次元の亀裂をこれ以上広げないことが、悟が怪物にならないことの唯一《ゆいいつ》の手段だった。そしてそれこそが世界を破壊しない為《ため》の方法だった。

悟はこの世界をどうしても守らなければならなかった。怪物にならない為に。そして目の前に倒れている、この世界が重要であることの根拠である人の存在を守る為に。

「……あ、灯……」

声にならない声は聞こえてくる爆発音によってかき消された。

――もう、届かない――

そう思ったその時、灯の頭が微かに動いた。

「灯！　ボクだ！　あかり！……」

ゆっくりと振り返った灯は、悟をボンヤリと見つめて笑った。いつものいたずらっぽい笑顔だった。

「灯！」

灯は笑って首を横に振ってみせた。安心してというように。悟は自分が必死で慌てていることがバカバカしい気さえした。しかし、確かに今宇宙は崩壊しようとしているのだ。それでも灯は笑っていた。深刻に怯《おび》える悟を丸ごと包んでなだめるように。

いつでも灯はそうやって悟に笑いかけたのだった。


灯と初めて出会ったのは今から五年前、研究所が開設した時だった。

「モンスターにしては、子供みたいな顔してるんですね」

「え？」

戸惑う悟を見て灯は笑った。それが灯と最初に交わした言葉だった。

真っさらな白衣の肩に長い髪がかかった灯の姿を悟は眩《まぶ》しく感じ、目を細めたのを憶《おぼ》えている。

天馬灯は、悟の助手として生命科学省からSATORI研究所に配属されてきたのだった。天才宇宙物理学者、天馬新一博士の娘であり、自身も研究者としてかなり優秀であるという評判は悟も聞いていた。

天馬博士によるゼータ粒子の発見は人類最大の発見と言われていた。そして悟の次元物理論もそれに並ぶものとされた。この二つの理論を合わせれば悟の目指す次元スピンによる遺伝子操作が可能になるはずだった。

しかし、天馬博士はマザー計画の反対論者としても有名であった。遺伝子改造をして人工的に人類を誕生させることに対し、根本から異を唱えていた。生命倫理に反することをこのまま続ければ、必ず文明は破綻《はたん》するはずであると、政府に対しマザー計画の即時停止を何度も進言していた。

「我が子をその手に抱くことすら出来ないものをマザーとは呼べない」と、博士は言うのだった。〝遺伝子モンスター〟という言葉を最初に使ったのも天馬博士であった。この差別的な言葉はマザー出身者達を刺激し大きな社会問題ともなった。

その天馬博士の娘である灯は、父と対立する形で、マザーを管轄《かんかつ》する生命科学省に勤務する若きキャリアだった。今回彼女がＳＡＴＯＲＩ研究所に出向という形で配属されたことは官界、科学界でも話題となり、マスコミにも〝国策を隔てた父と娘の対立〟として取り上げられたほどだった。

「キミはボクがどんな顔してると思ってたの？」

悟が聞くと灯はしばらく考えて、

「……ゴジラ？」

「それじゃあ本当の怪獣じゃないか」

「ふふっ！」

灯は体を折って笑い、「放射能が産んだ怪物」と悟を指さし楽しそうに言った。

「キミのお父さんはボクをそんなイメージで思ってるのかな？」

「そうですね」

灯は笑顔で言った。

「私のまわりはモンスターばっかりだなぁ」

「え？」

灯は悟をチラッと見て言った。

「父だってそうとうなものだもの。……もう、わぁーって……怪物」

灯は顔をしかめ、両手を広げて空中を引っ掻《か》くようなしぐさをしてみせた。

悟は思わず微笑《ほほえ》んだ。

「でも私、父のそういうところ、嫌いじゃないんです」

「そういうところ？」

「変なところ。バカみたいなところ、好きなんです。私も怪物の子だから……」

灯は再び怪物のしぐさをして、弾むように笑った。

灯は生命科学省一の才女と評判だった。天才である父とも真っ向から平気で議論を闘わす女傑とも聞いていた。

今目の前にいてキラキラと瞳を輝かせる灯は、そんなイメージとはほど遠い女性に思えた。

悟は灯と話している時、今までに感じたことのない安心感を覚えるようになった。


ますます火の勢いは増していた。

一瞬、空間がグニャリと歪んだように感じ、すぐに戻った。耳をつんざくキリキリとした雷鳴のような高い響きがしている。

灯を見ると、床に手を突いて立ち上がろうとしていた。

天井の一部が抜け落ち、出来た穴から快晴の空が見えた。その空の奥、真上の所に黒い点がある。悟は目をこらした。黒い点はジワジワと広がっていくように見える。空を押し開けるように少しずつ空間が広がる。胸騒ぎがした。広がった黒い空間は夜空だった。その中に一つの光が輝いている。

——待ってくれ——

祈るような気持ちだった。光の点は明らかに星だ。この宇宙が古い布きれのように破れ、重ね合わせの別の宇宙が出現しようとしている。この現象を止めるには、研究所自体を爆破し、無にするしかない。研究所のどこかで、連鎖反応として起き続けているであろう次元スピンを停止させなければならない。その為の緊急自爆装置は炎の向こうにあった。何とかそれを作動させなければ。悟は体を抜こうとしたが、動かない。目の前では灯も必死に立とうとしている。

——この世界を壊してしまう——

「お船」

少女の声がした。

再びフラッシュバックが起きた。

場面は、フランケンシュタインの怪物が少女と初めて出会った所だった。

怪物が木の陰からそっと覗《のぞ》くと、白い服の少女は、湖畔に咲いている花を摘んでは湖に投げ入れて遊んでいた。

花はプカプカと湖面に浮かんだ。無垢《むく》な白い花。キラキラと湖面が光を放つ。

怪物は花に見とれ、少女に見とれた。花が少女なのか、少女が花なのか、だんだんとわからなくなった……。

気づくと怪物は、少女のすぐ後ろまで近づいていた。花に触れてみたい。

少女は振り向くと、怪物を見上げ「お船」と言って浮いている花を指さし、微笑んだ。微笑みが眩しくて怪物は目を細めた。自分を見れば必ず悲鳴をあげると思っていた少女に笑いかけられたことが意外だった。

少女の笑い声は今まで聞いたことのない心地よい音だった。自分も真似《まね》してみたいと思ったが、怪物は笑い方を知らなかった。その代わりに目からたくさんの水が溢《あふ》れ出した。不思議な水はとめどなく溢れ、少女の笑顔がだんだんと霞《かす》んでいく。するとまた、花が少女なのか、少女が花なのかわからなくなった。

花を摘みたいという気持ちが抑えきれなくなりそうになった。怪物が手を伸ばしたその時。

「きれい」

と、声が聞こえた。

我に返ると、少女が怪物の首から下がった白い物を指さしていた。

「貝がら？」

それはフランケンシュタイン博士からもらったお守りだった。

「お前をつくった死体の余りの骨だ」

博士は骨に糸を通して怪物の首にかけたのだ。

神の創造物ではない怪物はお守りにどんな願いを込めればいいのか、誰に祈ればいいのか、わからなかった。だからそれまでは、ただ首からぶら下げているだけだった。

静かな風が吹いた。花の香りがした。鳥のさえずりがした。少女の声がした。

怪物は恐る恐る自分の首飾りをはずして少女に差し出してみた。少女の笑顔が光ったように見えた。

「ありがとう」

少女は怪物からお守りを受け取ると自分の首にかけ、また笑った。

怪物は初めてお守りの意味を知った。笑おうとしたが、その顔は醜く歪んだだけだった。

次元が綻《ほころ》ぶキリキリという音は続いていた。

悟の記憶が蘇《よみがえ》る。

太陽の色に染まる空。光の粒をちりばめたような海。波の寄せる音。白い貝殻。

その日、悟は灯に連れ出されて宝島の浜辺にいた。

「せっかくこんなに綺麗《きれい》な島にいて、ほとんど海を見たことがないなんて信じられない」

ずっと研究所の中にいてばかりで、あまり真剣に海を見た記憶がない、と言った時、灯は目を丸くして驚いた。

「そうだ、今日このあと海見に行きましょう」

「海？　ああ、でもまだボクは仕事が……」

「もう、考えすぎは体に毒ですよ」

そう言うと灯は半ば無理矢理、悟を海へ連れ出した。

宝島の浜辺は夕日でオレンジ色に染まっていた。小宝島に生まれ、ずっとこの海に囲まれて育ってきたはずの悟だったが、こうして浜辺に座り、海に沈んでいく太陽を長い時間見つめたことなどなかった。波打ち際《ぎわ》では、裸足《はだし》の灯が歩いているシルエットが見える。

果たして太陽は、こんなに大きかったろうか？　今更ながら悟は思った。光と熱を放出する巨大な物質であるあの恒星が、まるで今は、人格を持って灯と自分だけに向き合っているように感じた。〝神聖〟という言葉が頭に浮かぶ。空に浮かんでいるのは、まさに〝現象そのもの〟だった。

――ボクはなぜ今まで、現象を現象として捉《とら》えなかったんだろう？――

悟は漠然と考えた。今まで太陽は均等に平等に地球を照らしていると思っていた。いや、今でもそう思っている。しかしこの瞬間、太陽は自分と灯だけを照らす為にそこに存在していると確信した。

――ボクはなぜ今まで分析ばかりしていたんだろう？――

気がつくと灯が波打ち際から戻り、目の前にいた。

「何を考えていたんですか」

悟はとっさに言葉が出てこなかった。灯は「たまには頭を空っぽにして」と笑い、握った右手を差し出した。

「何？」と、悟がうながされるように右手を出すと、その手の上に白い小さな貝が落ちてきた。

「宝貝。綺麗でしょ」

宝貝とは、この地方の海を産地とする独特の貝だった。その昔、宝貝を追い求めた人々が海の彼方《かなた》から海上の道を通って渡ってきたのがこの国の始まりだという説もあるのだという。

〝海の彼方〟のことを、この地方では〝ニーラスク〟と呼ぶのだと灯は説明した。

悟は民俗学には興味がなかった。自分のルーツは、それとは全く関係ないところにある。文明はいつの間にか人々を大地から引き離したのだ。

灯は科学者でもあったが、民俗学者としても実績があった。

「私は、この文明が好き」

灯は言った。

「父はね、物理学者のくせに遺伝子工学を否定するの。その辺はもう、凄《すご》く頑固。母も苦労したろうな」

と笑う。

「キミのお母さんは？」

「母は私が小さい時に亡《な》くなったんです」

「そう」

「私はほとんど憶えてないんだけど、母もそうとう頑固で強い人だったみたい」

「……」

「病院に入ればもう少し延命出来たらしいんですけど、拒否したんです。自然に死にたいって。機械だらけの体になって生きてるのは嫌だって」

灯は海を見つめている。潮の香りがする。

「父はそんな母を尊敬してるの。もう、二人ともメチャクチャ」

「……モンスター……」

灯は笑った。

「そうですね。でも可愛《かわい》いです」

悟も笑った。

「……そう」

「父と会わせてみたいな」

「ボクを？」

灯はうなずき、楽しいことを想像するように言った。

「怪物同士、どんなふうになるんだろう」

父と母という概念を知らない悟はイメージするのが難しかった。

「それ、お守りにしてくださいね」

悟は手の中の小さな貝を見つめた。

「私はこの文明が好き。父も悟さんに会えば私の気持ちがわかるんじゃないかな」

「そうかな」

「うん。絶対。私は悟さんを産んだこの文明に感謝してます」

自分を産んだ文明。悟は今までそんなことを言われたことがなかった。

「悟さんは地球の子でしょ」

「地球の子？」

「地球が産んだ子供。その宝貝も同じ。海で生まれて、遠い旅をしてはるばる渡ってここまでたどり着いたんですよ」

「ニーラスクから」

「そう。すごい、もう憶えてる」

灯は笑う。悟も笑った。

「ああ。いい名前だと思って……」

その後の言葉が出てこなかった。意味のわからない涙が溢れ悟は戸惑った。次から次へと涙が出てきて止めることが出来なかった。

灯は悟の手を取った。

悟は大きな重力に引き寄せられるように灯の両手に抱え込まれた。

大きな太陽を見たあの日から、数年が過ぎた。

この世界を壊すわけにはいかない、と実感したのはあの日からだった。自分が地球の子なら、世界を壊すことは、父と母を壊すことだ。そして何よりも灯の住む世界を壊すことだ。そして灯と自分の子の世界を壊すことだ。

世界を守りたいという思いは、怪物が少女を守った物語よりも強く、暴走を制御する装置として悟に働いた。

青い炎はおさまる気配を見せない。空に開いた黒い穴はますます大きくなったように見える。

徐々に目の前に焦点が合ってくると、なんとか上体を起こした灯の姿が見えた。

「……灯」

灯は立ち上がろうとしてすぐまた座り込んでしまった。

「痛っ……」

いつものように笑い、悟を見た。

悟もなんとか体を動かそうとしたが、動かなかった。灯は床を這《は》うようにして少しずつ悟に近づいてきた。

あちこちで閃光と金属音がした。

ようやく手が届く位置にまで来た灯の伸ばした手の中に、悟は持っていた白い小さな卵を渡した。

「……潰《つぶ》さないように、そっと握るんだ」

手渡された物の意味がわからなかったようで、灯は悟を見つめた。

「それを持って外へ……」

絞り出すように言った悟の言葉をとっさに拒否して灯は首を振った。

二人を囲んでいる青い炎は生きもののように激しく動いていた。

悟はゆっくりと諭すように言った。

「それは、未来の卵だ……割ったら宇宙は終わりだ。灯、頼む、それを持って逃げるんだ」

灯は手の中の卵を見る。ニワトリの卵よりも一回り小さい、まん丸のまっ白な卵だった。

次元スピンが暴走する直前、次元の間から悟が取り出したものだ。おそらくそれは多次元遺伝子配合生命の結晶だ。

灯は初めて不安そうな顔になった。

「……悟、がんばって一緒に……」

「駄目だ。もう時間がない」

「でも……」

「灯、ごめん。ボクはやっぱりこの世界を壊してしまった。でもまだ完全に壊れたわけじゃない。その卵を持って外へ、どこかへ……立てるか？」

灯はうなずくとなんとか必死に立ち上がった。先を見る。青い炎の壁がある。

「炎が小さくなる瞬間がある。そこを狙って全力で走るんだ」

灯は悟の元にひざまずいた。

「嫌」

「灯、よく聞いてくれ」

悟は灯の腕をつかんだ。

「もし、それが割れたらこの世界は終わりだ。その中の命だけが世界を繋げるんだ。キミは必ずそれを持って、ここから脱出するんだ」

「嫌」

「灯。キミは文明が好きだと言ったよね。その卵の中に入っているのは、文明の子だ」

灯は手の中の卵を見つめた。

「ボクはこの世界を壊したくない。わかるよね。キミだけが救えるんだ」

灯は悟の足下を見つめた。横倒しになった大きな機械はとても動かせそうにない。

「あなたを置いていけない……」

空間が悲鳴をあげているような音。目を刺すような鋭い光。

「灯、すまない。世界を破壊してしまって、すまない。ボクは……」

「大切なものは必ず世界を壊す力を持っているって、あなたが言ったのよ」

「ああ、そうだったね。憶えている。……ボクは、今でもそう思ってる。……キミ自身が今はそうだ。キミの手の中にあるものが今はそうなんだ。だから行ってくれ」

「行けない」

と灯は笑いかけた。悟も微笑んだ。

「……灯。今頃ワタルはどうしているかな」

渡《ワタル》とは3歳になる二人の息子の名前だった。ニーラスクから海を渡って来た宝貝のように、これから先も海を渡って行くようにと、二人で付けた名だ。

「あの子はきっと、ぐっすり眠っているわ」

灯は託児施設で眠っている渡の顔を思い浮かべた。

「大好きなクジラの夢を見て。……ねえ、知ってる？　あの子こそ本当のモンスターよ。正真正銘のモンスター。あなたなんかとても敵《かな》わないほどの」

「ああ、ボクもそう思う」

その時、ポツリと一滴の水が悟の頰を濡《ぬ》らした。雨みたいに空から降ってきたように感じた。灯を見ると、彼女も不思議そうに悟の濡れた頰を見つめている。

思わず二人で上を見上げると、次の瞬間、割れた空から大量に雨が降ってきた。まさにバケツの水をひっくり返したような、集中豪雨だ。あっという間に悟も灯もビショビショになり、研究所の床は水浸しになった。何が起きたのかはわからない。次元の狭間《はざま》で、何か起こり得ないことが起きたのだ。その現象を分析しているひまはなかった。二人を囲んでいた青い炎は確実に小さくなっていた。

「灯、行くんだ」

「……嫌よ」

「今なら行ける。この雨がやんだらまた炎は大きくなる。今しかないんだ」

「……私には無理」

「灯。キミがこれからすることは全て正しい」

悟は灯の腕を持って言った。

「いいかい、何一つ間違ってない。ただの一つもだ。わかるね？　キミがこれから思って決断することは、たった一つの間違いもないんだ。知ってるね？」

灯は声を出すことが出来なかった。

「灯。前へ進むんだ。新しい場所へ行くんだ。考えること、学ぶこと、意思を持つこと、それが上へ進む唯一のすべだ。渡って行くこと、それが文明だ。わかるね？」

灯は微かにうなずいた。

「自分を責めることは何もない。時間を信頼するんだ。必ず良かったと思うはずだ。自分の心と体を何よりも大切にするんだ。それが世界を守る方法だ。ボクをモンスターにしない方法だ。……さあ、走って」

灯はようやく立ち上がるとヨロヨロと歩き出したがすぐに立ち止まった。

「……灯、走れ」

灯は振り返り悟の所まで戻ると、卵を持ったまま悟の頭を抱え込んだ。悟は首の後ろから灯の手を取ると、卵を持っていない方の手に、今までポケットの中で握りしめていた宝貝を渡した。

「光より速く走るんだ」

笑って言うと、灯も微笑んでうなずいた。

灯が少しずつ小さくなっていく。もう振り返ることはなかった。

悟は初めて生まれてきた自分に満足していた。機械から体を無理矢理引き抜く。痛みは感じなかった。自分の足がどうなっていようと構わなかった。

悟は床を手で這いながら少しずつ前へ進んだ。いつの間にか雨もやんでいた。また空間に金属音がして、青い炎が復活しはじめた。

ようやく悟は自爆装置の前にたどり着いた。キーボードに認識番号とキーワードを入れ、幾つものブロックを解除していく。指紋認識、音声認識、そして最後に機械に目をあて、虹《こう》彩《さい》認識が終わるとクリア音が鳴り、爆破スイッチが現れた。悟はボタンに指をかけると目を閉じ、走っていく灯の姿を思い浮かべ、彼女が研究所から充分な距離まで離れるのを待った。

またフラッシュバックが起きた。

フランケンシュタインの創《つく》った怪物は湖の畔に倒れ、満足そうに空を見つめていた。撃たれた体のあちこちから赤い血が流れ出していた。

目眩《めまい》に襲われ少女と花の見分けが付かなくなり、もう少しで花を摘むように少女を摘んでしまいそうになった時、怪物を現実に引き戻したのは、小さなお守りだった。

少女の首から下がった自分の白い骨だ。目を刺すような白さが怪物を正気に戻したのだ。怪物はそのことが嬉《うれ》しかった。

お守りの意味も知らなかった怪物が首飾りを少女に渡した時、初めて白い骨に願いを込めた。

——少女を私から守ってほしい——

それはとても強い願いだった。今、その願いが叶《かな》い、怪物は満足だった。初めて、この世界に生まれてきて良かったと思った。

再び死体に戻った怪物の顔は、笑っているように見えた……。

文明の津波が押し寄せていた。

次元の亀裂は広がり、一度おさまった青い炎は再び燃え広がり勢いを増していた。

悟は目を開けると、目の前に光るスイッチを見つめた。灯はもうずいぶん遠くまで行けたはずだ。研究所には今、自分一人しかいない。悟は安心した。自分が文明の津波の防波堤になれることを嬉しく思った。

――ボクは怪物ではない――

と、初めて確信出来た。

指先に力を入れる。

ふと、背中に懐かしい温《ぬく》もりを感じた。誰もいないはずなのに、灯に包まれているような気持ちで、スイッチを押した。

悟は、光になった。

文明の子

茫洋《ぼうよう》たる大海原。一面まっ青な海面の上に光の粒子をまき散らしたように波の頭がキラキラと光っていた。その海の真ん中に、ポツンと浮かんだ小さな島から一筋の青白い煙が、ピカピカと光りながら、まるで龍のように上へ昇っていくのが見えている。

空の上にはポッカリと、大きな黒い塊が浮かんでいた。全長30メートルはありそうな、巨大な空飛ぶクジラだった。クジラの背中には二人の少年が乗っていて、島から立ち昇る煙を不思議そうに眺めていた。

「あれ、火山かな？」

「ちがうよ」

ワタルは目を細めてジッと煙を見つめた。

「火山の噴煙ならもっと白かったり黒かったりするはずだ。あんなに青く光ったりしないよ」

「じゃあ、あれは何？」

マナブが聞いた。

「う〜〜〜ん」

ワタルは嫌な胸騒ぎがした。

地上では倒壊して燃えているSATORI研究所の周りを島の人々や研究員達が取り囲み不安そうに眺めていた。そしてまた、突如として空間から出現した巨大な空飛ぶクジラも、更に彼らを不安にさせる要素の一つとして新たに加わったところだった。

キリキリとあちこちで次元を切り裂く金属的な音がして、稲光のような閃光《せんこう》が走った。

ワタルとマナブを乗せたクジラは超光速で幾つもの次元を超え、幾つもの宇宙をくぐり抜けて、突然この空に飛び出してきたのだった。だんだんとクジラが高度を下げていくと、少年達にも研究所が燃えている様子が見えてきた。二人は黙り込んだ。

「あの中に誰かいるのかな？」

「可愛《かわい》い女の子とか？」

「別に、そうじゃなくても……」

「またおっぱいのこと考えてたの？」

「どうしてそういうことになるの!?」

「ふふ……」

とワタルは笑ったが、珍しく真剣な目をして研究所から昇る炎を見つめていた。

下では人々が、燃える研究所と空に浮かぶクジラを交互に見比べながら口々に話し合っていた。逃げてきた研究員が言った。

「我々の実験は完全に失敗した」

「ああ、このままいけば宇宙の歴史は終わってしまうかもしれない」

古くからそこに住む島の住民が言った。

「何のんきなこと言ってるんだ！　あんた達が入ってきたおかげでこの島はメチャクチャだ。どうしてくれる？」

「そうだよ。早く島を元に戻してくれ。あの火をなんとか消してくれ」

「ここまできたら、俺達にはどうにも……」

「それより空に浮かんでいるあの黒いのは何だ？」

一人が空を指さして言った。

「俺にはどう見てもクジラに見えるんだが……」

「まさか、クジラがあんな所に浮かんでいるなんてことが……」

「もしかすると、重ね合わせの次元に亀裂《きれつ》が入ったのかもしれない」

「次元に亀裂？」

「ああ、俺達は研究所でそういう研究をしていたんだ。この世界にはこの宇宙とは別の歴史を持って別の進化をした宇宙が重なり合って、薄い雲のようになって同時に存在しているんだ。我々は普段は決して混じり合うことのないそれぞれの次元をとても小さなスケールで交流させようとしていたんだ」

「何でそんな余計なことしたんだ？」

「余計なことだったかどうかはまだわからない。とにかく、その次元の亀裂が、我々が予定していた以上に大きく広がってしまって、空間の間から、この地球ではあり得ない生物が出てきてしまったのかも」

「だからって、空飛ぶクジラ？」

皆はシーンとしてクジラを見上げた。

「なあ、それより俺が気になるのは……」

今やかなり高度を下げ、はっきりと見えるようになったクジラの背中を見つめ、研究員は言った。

「あの背中に、どうしても……二人の子供が乗っているように見えてしかたないんだ……」

誰も何も答えなかった。皆、さっきから同じことを思って、口に出せないでいたのだった。

クジラの背中の上で、ワタルがニヤニヤしながら言った。

「あの火、消せないかな？」

「え？」

「ボク達のオシッコで消せたら面白いと思わない？」

「オシッコで？　何考えてるの？」

ワタルは、ズボンのチャックを下ろした。

「ちょっと！　何してるの？」

マナブは慌《あわ》てた。

ワタルは面白そうに言った。

「さっきからずっと我慢してたんだ。キミだってずっとオシッコしてないだろ。どっちが遠くまで飛ぶか、飛ばしっこしようよ」

「嫌だよ！」

研究所の周りにいる人々は皆、クジラの上の少年の股間《こかん》を見つめ、呆気《あっけ》にとられていた。

「……次元の亀裂からあり得ない物が出てきてるって言ったけど、俺が今見えていると感じている物も、その一つなのか？」

「……さあ」

誰もが口をポカンと開けてクジラを見上げていた。

ワタルはマナブをからかうように言った。

「どうして？　おチンチン見られるのが恥ずかしいの？」

「え？」

「そうか、小さいんだ」

「違うよ！」

ワタルはコロコロと笑った。

「キミって女の子みたいなんだね。……あ！　もしかして、付いてないの？」

「そんなわけないだろ！」

マナブもワタルと並んでチャックを下ろすと、ワタルがのぞき込んだ。

「何だよ！」

「小さいね」

「キミと変わんないだろ！　っていうか、本当にキミってバカみたいだな！」

「うん」

ワタルは嬉《うれ》しそうにうなずくと下を見た。

「あの火を消すんだ。競争だよ。発射！」

ワタルのオシッコは黄金色にキラキラと光りながら放物線を描いて研究所へ落ちていった。

少し躊躇《ちゅうちょ》しながらマナブもワタルに続いた。


下で見ていた人々が皆、口を閉じた。空に浮かんだクジラの背中から二本の細い線が長く伸びて、燃え続ける研究所へ降り注いでいる。

「いったい、何が起きてるんだ？」

「もしかして、世界の終わり？」

空のあちこちで閃光と、金属音が鳴っている。空飛ぶクジラの上には、二人の小便小僧。

マナブは笑って言った。

「なんか、気持ち良いね」

「うん。でもやっぱりなかなか火は消えないなぁ」

「そりゃそうだよ。本気で消そうと思ってるの？」

「もっと、大量に出せないかな？」

「無理だよ！」

その時、クジラがグラッと振動した。

「うわっ！　と」

ワタルとマナブは危うくつんのめって落っこちそうになるのを何とか踏みとどまった。

「何？」とマナブ。

地震のようにクジラの体がグラグラとしばらく揺れていたかと思うと、突然、
プシュウーーーーーッ!!

と、背中の穴から潮を噴き上げた。

「わぁ！」

「わぁーっ！」

とても大量の水だった。

シュウーーーッ！　シュウウウーーーッッ!!

と、とめどなく水は上へ上へと噴き上げられていった。

ワタルもマナブもアッという間にビショビショになった。

「凄《すご》い！」

「クジラもずっと、オシッコ我慢してたんだ」

ワタルが言うとマナブは思わず吹き出した。ワタルも笑った。二人はゲラゲラと笑って、その笑いは止まらなくなった。

プシュゥゥーーーッッ!! シュシューゥーゥーーーッ!!

クジラは次から次へと潮を噴き上げて、いつまでも止まらなかった。

「どれだけ我慢してたんだよ!」

ワタルが叫ぶと、マナブは更に笑った。

潮は細かい霧のように周囲に散り、空に虹《にじ》がかかった。

「わぁ! 虹だ!」と、マナブが叫ぶ。

「色は、必ず光と闇《やみ》の境界線に出現するんだ」

「え?」

ワタルは虹を見つめながら言った。

「光と闇が出会った場所だけに、色は生まれるんだ。知ってた?」

「ううん」

マナブは首を振って虹を見つめた。

上から虹を見るのは初めてだった。虹は本当に架け橋のように円く長く空から研究所へと伸びていた。

地上にいる人々も皆、目を丸くして虹を見上げていた。

「ねえ、キミ、いつまでおチンチン出してるの？」

「うわっ！」

二人のオシッコはとっくに終わっていた。

マナブは慌ててズボンのチャックを上げた。ワタルはまた大笑いした。

クジラの背中から大量に噴き上げられた潮は、ゲリラ豪雨となって研究所に降り注いだ。いつの間にか研究所の火は小さくなって、火災は収まりつつあった。

クジラは更に高度を下げて研究所の屋上のすぐ上まで近づいていった。

屋上のコンクリートは所々ひび割れ、めくれあがって穴が開き、まだ残った青い小さな炎が噴き出している場所もあった。

ワタルはジッと吟味するように屋上の床を見下ろしていた。

「ワタル、何しようとしてるの？」とマナブが聞いた時だった。

「そこを動くな！」

大きな声が響いた。

見ると三機の黒いヘリコプターがクジラの周りを囲むようにして飛んでいた。

一番近くを飛んでいるヘリコプターの助手席にはサングラスをかけ、軍服を着た男が身を乗り出すようにしてこちらを見つめ、握った黒いマイクに向かって叫んでいた。

「現在、宝島上空に出現した謎《なぞ》のクジラを包囲中！　背中に二人の10歳前後と思われる少年を乗せている！　これより安全な場所へ誘導し、確保します！　おい！　君達！　ジッとしているんだ！」

「……マナブ、今の聞いた？」

「……うん」

「ここは宝島だ」

「うん」

「ボクたちは海賊だ」

「うん」

「財宝をもらいに行かなきゃ」

「そうだね。……でもどうやって？」

「飛び降りる」

「……ここから？」

確かに、クジラの背中の上から屋上までは、飛び降りるには結構距離があった。

「恐《こわ》いの？」とワタル。

マナブはふと、ずっと前に学校の屋上から空を飛ぼうとして校庭を見下ろした時のことを思い出した。あの時はクラスメート達が蟻《あり》のように小さく見えて飛ぶのが恐ろしかった。それと比べたら、すぐ下の屋上に飛び降りるのはそれほど大したことじゃないように思えた。

「頭を空っぽにして」とワタル。

マナブは「うん」とうなずいた。

「せぇ～のっ！」

ワタルとマナブはクジラの背中から同時に飛び降りた。

「おい！　ちょっと待て！」

ヘリの男が叫ぶ。

着地すると、ジ～～ンと、足の裏に響くような痛みを感じた。

「痛《い》ったぁ～」とマナブ。

「ははっ……本当だ、痛ったぁぁ～～！」とワタルは笑った。

「待て！　お前達！　そこを動くな！」

男は叫び、黒いヘリはグングンと高度を下げた。その時、クジラがグワンと体を反転するようにひるがえし、高く舞い上がった。そこらじゅうに風が吹き、三機のヘリは煽《あお》られて木の葉のようにユラユラとバランスを崩しながら上昇した。

「クソッ！　これじゃ着陸は無理だ。一時撤退する！」

三機の黒いヘリは空の彼方《かなた》に遠ざかっていった。

屋上ではワタルとマナブも、危うく風に吹き飛ばされそうになるのを、半ば崩壊した床を突き破って飛び出した鉄の柱にしがみつき必死に耐えた。

風が収まるとワタルは屋上を見渡した。

床は全体的に歪《ゆが》んでいて、所々の穴から青い小さな炎が噴き出している。向こうにコンクリートの小屋のような建物が倒壊しているのが見えた。おそらくエレベーター小屋だ。

「行こう」

ワタルが走り出すと、マナブもそれに続いた。屋上の床は先程のクジラの潮でビショビショに濡《ぬ》れていて滑りやすく、そこら中に穴が開き、焦《こ》げた瓦礫《がれき》が転がり、鉄骨の骨組みが飛び出して走りづらかった。空には相変わらず閃光と、遠くで金属音が鳴り響いていた。

二人の少年は屋上を横切り、何とかエレベーター小屋までたどり着いた。

ワタルがエレベーターのボタンを押す。しかし案の定、光は点灯せず、それは動く気配を見せなかった。

「ダメだよ。動かない、故障してるよ」

マナブが不安そうに言った。

「ねえ、ワタル。本当にこの下に財宝なんかあるのかな？　もしかしたらボク達このままクジラに戻った方が……」

「ソラに聞いてみてよ」

「え？」

「どうするべきか、ソラに聞いてみて」

マナブが空を見上げると、クジラは既にそこにはいず、遠く高い位置を優雅に飛んでいた。クジラはのんびりと気持ちよさそうに空を泳ぎながら、どんどん遠ざかりやがて黒い点になってしまった。

「わぁ……行っちゃった……」

呆然《ぼうぜん》とするマナブにワタルはニヤニヤして言った。

「下に降りるしかないよ」

辺りでは、さっきまでおさまっていた炎がまたチラチラと復活し燃え始めていた。床の穴から青い煙がモクモクと上がってきている。

「あ！」

ワタルがマナブの後ろを見つめ、叫んだ。マナブが振り返るとそこには大きな鉄の防火扉があり、歪んで少しだけすき間が空いていた。やはり下から青い煙が上ってきているが、のぞき込むと下へ通じる非常階段がうっすらと見えていた。

マナブが向き直って見ると、ワタルはもう一度ニヤリと笑った。


地上では、空をゆっくりと移動するクジラを見上げ、島の人々がざわめいていた。

「なあ、あのクジラ、どこへ行こうとしているんだ？」

「わからない。……それよりも、背中に乗っていた子供達はどこへ行った？」

「……さぁ？」

クジラはプカプカと漂いながら、研究所から離れ、前へ進んでいった。周りを三機の黒いヘリコプターが伴走するように飛んでいた。クジラの進む方向の先に見えているのはまっ青な海だった。


研究所の中はどこも水浸しで、あちこちからポタポタと水滴が落ちていた。下へ続く長い非常階段は所々歪んで段が抜け落ちたりしている部分もあった。

ワタルとマナブは苦労しながら下へ下へと降りていった。

一番下のフロアにはたくさんの大きな機械が並んでいるのが見えた。その多くが崩壊しかけていて、所々溶けてひしゃげ、亀裂から火が噴き出していた。一番奥にボワッと青白く発光している場所がある。その周りの空間だけが全体的に丸く浮かび上がって、光るドームのようになっている。

ワタルは大きな強い重力で、自分の体がその場所に引き寄せられているのを感じた。無心で吸い寄せられるように歩き続けた。マナブは、ワタルについて行くのに必死だった。

階段を降りきって、フロアの奥のその場所を見ると、ワタルは急に足を止めた。

空間が引き裂かれる悲鳴のような音。フラッシュのような閃光。

「……ワタル」

「うん」

二人の少年は立ち止まったまま、光が集まっているその場所を見つめた。

青白い霧の中からボンヤリと人のシルエットが浮かび上がり、徐々にこちらに近づいてくる。

「誰か来る」とマナブ。

「……」

ワタルはジッとその人を見た。

少しずつ姿がはっきりと見えるようになったその人は、時々よろめくような足取りで走ってこちらに来た。

それは、髪の長い女性だった。

ワタルは急に胸が締めつけられたように苦しくなり、動けなくなった。

ふと女性が立ち止まりこちらを見、首をかしげるようにした。

ワタルとマナブは女性の元へ駆《か》けよった。

髪の長いその人は白衣を着ていたが、それは煙で黒く汚れていた。

女性は大きな瞳《ひとみ》を余計大きくして二人の少年を見つめた。その目は濡れているように見えた。

「……ここで何してるの？」

ワタルはジッと女性の目を見たまま黙っていた。

「ボク達は……」とマナブが言いかけた時、

「おばさんは？」と、ワタル。

「え？」

ワタルはニッと笑った。

「おばさんは、ここで何してるの？」

女性はワタルの近くにしゃがみ込んだ。

「キミ、名前は？」

「……キャプテン・キッド」

「……海賊なの？」

ワタルはしっかりとうなずいた。

女性は面白そうに笑った。その笑顔を見ると、ワタルはまた苦しくなり胸が詰まった。

「キミも？」

女性がマナブを見上げて言うとマナブもうなずいた。

「良かった。あなた達に頼みがあるの」

女性はワタルの両手をとるとその中に今まで自分が握っていたものを渡した。

「これは宝物なの。本当に大切なもの」

それは白い小さな卵だった。

ワタルは手の中の卵と女性の顔を交互に見た。

「卵の持ち方、知ってる？」

ワタルは首を横に振った。

「強く握りしめてはだめ。でも絶対落としちゃだめ」

ワタルは手の中の卵をジッと見つめた。

「蕾《つぼみ》みたいにして持つの。心の中でイメージして。手を花びらだと思って、蕾のようにするの。やわらかく包み込むように、ギュッと、しっかり、かたく握るの。わかる？」

ワタルはうなずいて、言われたように卵を握った。

ワタルの小さなこぶしを女性の両手が包み込んだ。

「大切なものは必ずこうやって持つのよ」

ワタルはもう一度うなずいた。

「これを持って、ここから出来るだけ遠くへ行ってほしいの。止まらずに、うんと遠くへ。あなたの行ける遠くよりも、もっと遠くへ。行ける？」

ワタルは少し考えてから聞いた。

「おばさんは？」

近くで爆発音がした。あちこちに閃光が走り、青い炎が噴き出した。

女性はワタルの頭に手を乗せると、さとすように言った。

「ねえ、キッド。私はおばさんじゃないわ」

そしてマナブを見た。

「キミは私がおばさんに見える？」

マナブは慌てて首を横に振った。

女性は笑って「こっちに来て」とマナブを呼んだ。

そして二人の少年をギュッと抱きよせ、耳元で「頭を空っぽにして、走るの」と言うと立ち上がり、二人の背中をポンと叩《たた》いた。

「行って！」

女性は笑顔で二人の少年に手を振り、きびすを返すと、元来た方へ走り出した。そしてもう二度と振り返らないで、再び青白い霧の奥へ消えて行った。

ワタルとマナブは、しばらくそこに立ったまま動けないでいた。

「……ワタル？」

「……さっきあの人が言った持ち方おぼえてる？」

「え？」

「卵の持ち方」

マナブはキョトンとしながら答えた。

「ああ、うん。……手を蕾みたいにして、やわらかく、しっかりギュッと、かたく？」

ワタルは笑ってうなずき、卵をマナブに渡した。

「え？　どうするの？」

「行って」

「行ってってどこへ!?」

「ウミを見つけて、そっちへ走るんだ」

「ウミ!?」

「来た時見たでしょ？　ここを出たら向こうに海がある。海に向かって真《ま》っ直《す》ぐ水平に走るんだ」

「でも、キミは？」

「寄り道してから追いかける。先に行ってて」

「そんな……」

「絶対に卵を落としちゃだめだよ」

「わかったけど……」

マナブが言いかけている間にワタルは、女性が入って行った青白い霧の中へアッという間に走って行ってしまった。

火の勢いはさっきよりも増していた。

一人取り残されたマナブは、仕方なくワタルとは反対の出口の方へ走り出した。行く先には太陽の光が見えていた。

SATORI研究所を取り囲んだ人々は、一時おさまりかけた火災が再び息を吹き返すように所々から青い炎が上がった、今にも倒壊しそうな建物を不安な面持ちで見守っていた。建物全体がボンヤリと発光しているように見えた。

空には、切り裂かれるように稲妻が走り、空間にキリキリと不気味な音がした。

正面玄関からは不自然な青い煙が吹き出している。その奥から、小さな影が飛び出してくるのが見えた。

人々は声をあげた。

「おい、見ろ！　子供だぞ」

「まさか、何でこんな所に子供が？」

マナブは卵を持って必死に走った。建物から外に出ると陽射《ひざ》しが強く眩《まぶ》しかった。

マナブは目を細め海を探したが、すぐに人に囲まれてしまった。

「海はどっち？」

「待て、お前、こんな所で何してるんだ？」

「ねえ、どいてよ。海に行きたいんだ！」

マナブは男達に肩をつかまれた。

「研究所の中はどうなってる？　お前は何であそこから出てきたんだ？」

「放してよ！　海へ……」

「あれ？　コイツ、もしかしてさっきのクジラに乗ってたガキじゃないか？」

「え？　ああ、本当だ！　お前、どこから来たんだ？　あのクジラは何だ？」

マナブは今までこんなふうに多勢の大人に囲まれたことなどなかったので、急に恐ろしくなって、体がすくんだように動かなくなった。

「おい、その手に持ってるのは何だ？」

マナブは卵を持っている手をとっさに後ろにまわし、隠した。

「あの研究所にあるものは持ち出し禁止だぞ」

「……」

「おい、それを見せろ！」

卵を持ったマナブの手に男の手がかかろうとしたその時、研究所の方から大きな声がした。

「危ない！　みんな逃げて！」

「えっ？」

皆が振り返ると研究所の玄関からワタルが走って出てきた。

「ワタル！」

「あ、あのガキ、さっきクジラに乗ってたもう一人のガキじゃないか？」

「本当だ！」

「早く逃げて！　爆発する！」

「ば……爆発？　どういうことだ!?」

ワタルは全力でこっちに走ってきながら叫んだ。

「ボクが爆弾を仕掛けたんだ！　それがもうすぐ爆発する！　そこにいたら危ないよ！　早くみんな逃げて！」

人々はどよめいた。

「なっ……何だと!?」

「早く！　時間がないよ！」

皆、徐々に逃げ出しながらも、近づいてきたワタルに聞いた。

「爆弾を仕掛けたってどういうことだ？　お前は何者だ？」

「ボクは海賊だ。キャプテン・キッドだよ！　早く！　走って！」

ワタルのあまりの勢いに人々は皆走ってその場から逃げ出した。

人垣が割れると、その向こうにまっ青な水平線が見えた。

「マナブ、あっちだ！」

マナブはうなずくとワタルと一緒に海へ向かって走り出した。人々もそれぞれの方向へバラバラに走り出した。ワタルとマナブは一直線に走ると、ぐんぐん海が目の前に迫ってきた。

「クジラは？」

走りながらワタルが言った。

海は静かに佇《たたず》んでいて、沖の方に数隻《せき》、小さな船が浮かんでいるだけだった。いくら探してもクジラの姿は見えなかった。

ボボボボボッと、空から音がした。見上げると三機の黒いヘリコプターがワタルとマナブを追いかけるように飛んでいた。

たどり着いた海岸の波打ち際《ぎわ》で、二人の少年は立ち止まった。

ワタルは必死に海を見つめてクジラを探した。どこまでも続く海には何の目印も見えなかった。ボボボボボッという音が大きくなり、三機のヘリコプターはだんだんと高度を下げ始めた。

――そのまま、真っ直ぐだ――

「え？」

突然声が聞こえた気がしてマナブは海の向こうを見た。

――真っ直ぐ。声のする方へ真っ直ぐ来るんだ――

「クジラだ」とマナブ。

「え？」

目を大きくしたワタルに向かってマナブは言った。

「そのまま真っ直ぐ進めって」

「うん」

ワタルはうなずいた。

二人の少年はそのまま走ってバシャバシャと海に入り、沖へ向かって泳ぎだした。

空では三機のヘリが反転して追いかけてくる。

――こっちだ。流されずに、真っ直ぐ――

マナブは声のする方を目指し、必死に水を掻《か》いた。ワタルもその後を追った。

「無茶するな！　戻れ！　戻れーー！」

ヘリから拡声器を通した声が響いた。ホバリングするプロペラから強風が吹き降りてきた。

海面から水しぶきがあがり、泳ぎにくくて、なかなか前へ進めなかった。

マナブはこれほど長く海で泳いだことなどなかった。沖へ行けば行くほど水は冷たくなっていく。水面は大きく上下した。後ろを見るとワタルもあえぐように泳いでいた。その小さな頭は時々、波の壁に隠れて見えなくなった。息が苦しい。体がだんだん動かなくなっていく。ヘリの音が遠くなった。

——止まるな。あと少しだ——

鼻からたくさんの水を吸い込んだ。咳《せ》き込みそうになり慌てて両手で口をおさえると、そのまま体が水の中に沈んだ。

「マナブ！」

ワタルの声が聞こえて、後ろからシャツの襟をつかまれた。

その時、急に足が地面に着いた気がして、大地全体が盛り上がり、フワリと体ごとすくい上げられた。

気がつくと大きな黒い物の上にいた。クジラの背中だった。

突然海面に現れたクジラは、二人の少年をその背中に乗せて、水しぶきを上げながら空に舞い上がった。

少年達を追跡していた三機の黒いヘリコプターは、またしても木の葉のようにヒラヒラと上空に吹き上げられた。

「ハイホー！」

さっきまで苦しそうに泳いでいたワタルが、マナブの隣で立ち上がって叫んでいた。

「クタバレ！　重力！」

またたく間にクジラは上昇し、今まで泳いでいた海がずっと下に見え、元の青い静かな海に戻っていた。視線を移すと、島の上の研究所は全体が青い炎に包まれ煙を上げていた。

ふと、ワタルがマナブを見つめた。

「ねえ、マナブ！　卵は？」

「……」

マナブの両手に卵は無かった。

「まさか、落としたの？」

マナブは首を横に振ると、口を開けて見せた。口いっぱいに白いものが詰まっていた。

「わぁ！」

思わずワタルが手を差し出すと、マナブはその上に卵を落とし、思いきりゲホゲホと咳き込んだ。

「キミって凄い！」

ワタルはニコニコ笑って言った。

マナブはいつまでも咳がおさまらず、その後に大量の水を吐いた。

「クジラみたい！」

と喜ぶワタルに向かってマナブは言った。

「……死ぬかと思った……」

ワタルは大笑いした。

クジラは青い空へ垂直に上昇した。三機の黒いヘリコプターは下になり、見る見る蟻のように小さくなった。

そして宝島は、大きな海にポツンと浮かぶ緑の点になった。

緑の点の真ん中が、星のようにキラッと光った。

その直後、クジラは一気に加速し、光速を超えた。

○

次元をどれぐらい超えたのか、銀河をどれぐらい渡ったのか、もうわからなかった。

ワタルとマナブを乗せたクジラがたどり着いた惑星は、海があり、大地があり、緑がある、地球にとてもよく似た星だった。

少年達は高い丘の上に寝転がり、空を見上げていた。

遠くに見下ろせる海の上には、クジラがプカプカと漂いながら眠っていた。

星は静寂に包まれていた。時々微《かす》かに風が吹いて、木々の葉が揺れる音がするだけだった。

「ワタル」

マナブは隣で寝ているワタルに話しかけた。

「ここって誰もいないのかな？　とても静かだよね」

ワタルはゆっくり移動する雲を見ていた。

「……きっと、まだ何も始まってないからだよ」

「え？」

「ここでは全部、これから始まるんだ」

「……」

「何かが終わってしまったから静かなんじゃなくて、何か始まる前だから静かなんだよ、きっと。そんな気がしない？」

「……そうなのかなぁ」

ワタルは身を起こして空を指さした。

「見て、あれ。ウミみたいだよ」

「海？」

マナブがキョトンとして空を見た。

「ボクの犬のウミだよ」

「ああ……」

ワタルの指さした先にある雲は、確かに見ようによっては犬の形に見えなくもなかった。

「似てるでしょ？」

「わからないよ！　キミの犬、見たことないんだから」

ワタルはケラケラ笑った。

犬のような形の雲が浮かんだ空に、鳥の群れが渡っていくのが見えた。

「これから始まるって、何が始まるの？」

「うーん……」

ワタルは手の中の卵を見つめ、言った。

「……たぶん、大騒ぎ。ドタバタ騒ぎだよ」

「ドタバタ騒ぎ？」

「うん。シッチャカメッチャカだよ」

ワタルは楽しそうに笑った。

「……ねえ、ワタル。その卵って、何の卵なんだろう？　あの女の人は、大切なものだって言ってたけど……何か、かえるのかな？」

ワタルは卵を太陽にかざして見た。光が当たると中に黒い影が見えた。それは微かに動いているように見えた。マナブが後ろからのぞき込んだ。

「……生きてるの？」

ワタルはうなずいた。

「キミが食べようとした時はどうなるかと思ったけど……」

「食べようとしたわけじゃないよ！　あの時はああするしかなかったんだ！　知ってるよね！」

「知ってる。お腹《なか》すいてたんでしょ？」

「違うって！」

その時。

「あっ！」

「えっ？」

ピキッ……っと音がして卵のてっぺんにひびが入った。

「うわっ！」

ワタルは慌てて卵を地面に置いた。二人の少年は息を飲んでジッとそれを見つめた。

ピキッ……ピキピキピキッ……。

殻の一箇所に穴が開くと、中から一瞬ほんの小さな肌色のものが見えてすぐに引っ込んだ。

「……」

の足のように見えたが、それにしてはあまりにも小さかった。足はしばらくしてまた殻の中に引っ込んだ。

バキッ！　と音がすると今度はさっきよりも大きく殻が割れ、足が飛び出した。それは人

「……」

二人の少年は、更に卵に顔を近づけてジッと見守った。

突然、大きく開いた穴からヌメヌメした頭が飛び出した。それは赤黒く、目はつむっているのだが、眼球自体が不自然に大きく出っ張っているように見えた。

「……なにこれ……」

思わずマナブが呟《つぶや》いた。

その小さな生きものは卵から頭だけ出した状態でしばらく休んでいるようだったが、やがて、ゆっくりとまぶたを上げると大きな瞳をむき出しにした。それは宇宙のように真っ黒でキラキラと光っていた。小さな生きものは口を大きく開けて何かを絶叫しているように見えた。しかしそこから聞こえてくるのは「ピィ……ピィ……ピィ……」という微かなさえずりのような声だった。小さな生きものは少しずつ殻を壊しながら、もぞもぞと土の上に這《は》い出した。その体は羽毛で覆《おお》われていたがヌメヌメした液体で全身がベットリと濡れていた。

「キモチワルイなぁ」

ワタルが言うと小さな生きものは抗議するように顔を上げ、目を見開き、更に口を大きく開けた。

「ピィ……ピィ……ピィ……ピィ……」

小さな生きものはもがくように地面を這いずり回った。

マナブが言った。

「なんか、怪物みたい……これって鳥かな？」

「……」

ワタルはジッと考え込んでいた。好きだった〝ちきゅうのどうぶつ〟という絵本には、こんな生きものは出てこなかった。小さな生きものは、鳥のようでもあったし、人のようでもあった。

「鳥だったらいいのにな……」マナブはそう言うと空を見上げた。「この星は、鳥がたくさんいるみたいだから……」

遠くの空に鳥の群れが飛んでいた。

ワタルとマナブがこの惑星で見た動く物は、鳥だけだった。鳥が飛んでいる以外の景色は、まるで時間が止まったように何も動かない、静かな星だった。

「ワタル、見て！」

「え？」

突然叫んだマナブの視線の先を見ると、群れの中から一羽が、ゆっくりとこちらに向かって降りてくるようだった。

鳥のように見えていたその生きものがどんどん近づいてきて、ワタルとマナブは驚いた。生きものは鳥ではなく、背中に翼を持った人だった。

あの人に似ている。とマナブは思った。今、丘の上に降り立った、鳥のような人は、地球で会った女性に似ていた。彼らに卵を渡した、あの人と同じように長い髪で、キラキラした瞳でこちらを見ていた。隣で目を丸くしているワタルも、地球で会ったあの人のことを思い出していることが、マナブにはわかった。

鳥のような人は、二人の少年の前にいる、さっき生まれたばかりの小さな生きものを見つめ、近づいてきた。

小さな生きものは苦しそうに「ピィ……ピィ……ピィ……」と叫びながらもがいていた。大きな頭を左右に振り、自分がどこを向けばいいのかわからない様子だった。

鳥のような人は、少年達の前に来ると立ち止まり二人を見つめた。

マナブは「あの……」と言いかけて、黙ってしまった。何を言うべきかわからなかったのだ。

——ソノコヲ、ワタシテ——

と、声が聞こえた。

鳥のような人は、両手を蕾のようにして前へ差し出した。

「渡してって」とマナブはワタルに言った。

「え？」

「その子を渡してほしいって……この人がそう言ってる」

ワタルはしばらく、ジッと鳥のような人を見つめ、やがて小さな生きものを両手で包むように持つと、その人に差し出した。

鳥のような人は、ワタルの両手を自分の両手で包み、小さな生きものを受け取ると胸に抱いた。

小さな生きものは何かを探すように首を振っていたが、そのうちに鳥のような人の裸の乳房に吸い付いた。

マナブは見ていてはいけないような気がして、視線を下げた。しかしワタルは食い入るようにその様子を見つめていた。

やがて鳥のような人は、背中の白い翼を大きく広げると、それで小さな生きものと自分自身の体の全《すべ》てを守るように包み込んだ。

ワタルはずっと上の空だった。小さな生きものを手渡した時、鳥のような人と手と手を重ねた瞬間からずっと、地球で出会ったあの女性のことを考えていたのだった……。

あの時、女性はワタルの右手を両手で強く握り、「お守り」と笑ったのだ。

手の中に小さな何かの感触があった。

女性にどうしても聞きたいことがあったワタルは、女性を追って自分も霧の中へ飛び込み、その姿を見つけると「待ってよ！」と呼び止めた。

女性は振り返り、ワタルがその手に何も持っていないのを見ると言った。

「卵は？」

「……友達に……」

「無責任よ」

「……大丈夫だよ……」

ワタルは小さな声で呟いた。

女性はワタルを睨《にら》むようにジッと見た。

ワタルはおそるおそる聞いた。

「……あの……名前は？」

「……」

女性は少し笑うと、ワタルの前まで来てしゃがみ、ワタルの手を取ってその中に今まで自分が握りしめていた物を手渡した。

「お守りよ」

ワタルはキョトンとして女性を見た。

「私の名前は、イシ」

「イシ？」

女性はうなずいた。

「インディアンよ」

「インディアン？」

ワタルは疑わしそうな目で女性を見つめた。

「……なに？　キミだって海賊には見えないわよ、キッド」

ワタルが下を向くと女性は笑った。

「イシはね、北米にいたインディアンのヤヒ族の言葉で、人っていう意味なの」

「……」

「この地球には、昔、今よりたくさんの動物がいて、今よりたくさんの民族がいたの。言葉も、今よりもっとたくさんあったの。そのことをおぼえておいてね」

　ワタルは黙ってうなずいた。

　女性の手の温《ぬく》もりは懐《なつ》かしかった。ワタルは自分が急に泣きそうになっていることに気がついて困った。そして涙をぐっとこらえた。

「イシには、この国の言葉でもう一つの意味があるでしょ？『私の意思』っていう時の意思よ」

　女性はワタルを包む手に力を入れた。

「人はみんな、自分の意思でここまで進んできたの。あなたが今ここにいるのもあなたの意思でしょ？」

　ワタルは泣くのをこらえることに必死だった。頭ではなんとか女性の言葉を聞こうとするのだが、実際には、たった今、自分の手が懐かしい温かい手に包まれているということの他には何も考えられなくて、女性が伝えようとしていることの意味の全てを理解出来てない気がして、申し訳ないような気持ちで胸が一杯になっていた。

「あなたの意思が、世界を動かしているの。そのことも忘れないで」

　ワタルは、ただ大きくうなずいた。

　女性はワタルの手を放すと、両肩に手を置き、ワタルを反転させた。

「進むことをやめないで。どこまでも進んで行ってね。……さあ、走って！　キャプテン・

キッド！」

ポン！　と背中を押されたワタルは、その勢いのまま、振り返らずに猛スピードで走りはじめた……。


「……ワタル？　ワタル？」

名前を呼ばれ気がつくと、マナブが心配そうにのぞき込んでいた。

「大丈夫？」

「……うん」

マナブの後ろに、鳥のような人が見えた。

胸には、小さな生きものが抱かれていた。

マナブが言った。

「名前は？　って」

「え？」

「この子の名前は？　って、この人が聞いてる」

小さな生きものは、今は鳥のような人の胸で安心したように眠っていた。

「イシ」

「え？」

「その子の名前はイシだ」

ワタルはとっさにそう言った。

「イシ？」

マナブは不思議そうな顔をした。

鳥のような人は、ワタルの発音を真似《まね》して言った。

「……イ……シ……」

「うん」

鳥のような人は小さな生きものを囁《ささや》くように呼んだ。

「……イシ……」

「ピィ、ピィ、ピィ」

イシが鳴くと、その人は笑った。

ワタルもマナブも笑った。

——イシ、イイナマエネ、アリガトウ——

「ありがとう、って言ってる……」

鳥のような人は二人の少年に微笑《ほほえ》むと、イシを抱き、白い翼を広げ空に舞い上がった。

イシを抱いた人は、どんどん上昇し、しばらくワタルとマナブの上を旋回してから、丘の上を離れ、向こうの空へ一気に飛び、進んでいった。

いつの間にか空はオレンジ色になっていて、高い位置に最初の星が一つ光っていた。

鳥のような人々の影が遠くへ渡っていく。海の上にはクジラの影が、ポッカリ浮かんで見えている。

ワタルとマナブは、しばらくの間、丘の上に座ってボンヤリ空と海が交わっているあたりを見ていた。

「……ワタル。イシの背中見た？」

「うん」

「ボクには、翼があるように見えなかったんだけど……」

確かに、イシの背中にはイシを抱いていった人のような翼はなかった。イシは人間でも鳥でもない。人間と鳥の間の半端物《はんぱもの》のように見えたのだ。

「あの子、この星にいて大丈夫なのかな？」

「わからない」ワタルは笑って言った。「言ったでしょ？　分析したってしょうがないよ」

「……うん」

「ボク達は、現象なんだ」

「……うん」

「それに海賊だ」

「……キャプテン・キッド……」

二人は笑った。

しばらくしてマナブが気がついたように言った。

「キミって本当バカみたいだ」

「なんで？」

「だって、せっかく手に入れた宝物、とられちゃったじゃん。あんなに苦労して収穫ゼロだよ！」

マナブは水平線の彼方を見つめ、溜《た》め息をついた。

ワタルは右手をこっそりポケットに入れると、中で宝貝をギュッと握りしめた。

「そんなことないよ」

「え？　キミ、なにニヤニヤしてんの？」

ワタルは立ち上がった。

「キミこそなにいつまでも座ってんの？」

「自分だって今立ったばっかりのくせに」と言いながらマナブも立ち上がった。

「そろそろ行こう」

「うん……でもどこへ？」

ワタルは少し考えてから言った。

「未来」

「そりゃそうだろうけど……」

「未来はいつも、面白い」

「バカみたいで？」

ワタルはうなずいた。

「それに、宝物探さなきゃ」

「うん……でも、宝物って、何だろう？」

ワタルは驚いたように言った。

「忘れたの？　ソラとウミに決まってるじゃん！」

マナブは慌てて言った。

「忘れたわけじゃないよ」

ワタルがケラケラ笑って歩き出すとマナブも横に並んだ。

「……ねえ、ワタル」

「ん？」

「……あの人、おっぱい大きかったよね」

「え？　ああ……」

「あと、地球で会ったあの人も」

「……」

「思わなかった？」

「……」

「ねえ」

「……」

「ワタル？　なに怒ってるの？」

「……ボクそういう話、なんか嫌いなんだ」

「いつも自分が言ってるクセに！」

太陽が水平線に沈もうとしていた。

ワタルとマナブは、空と海へ続く道を歩いて前へ進んで行った。

博士とロボット

２２××年。

その星の全《すべ》ては荒野だった。

荒野。といっても、一度、頂点まで到達した文明が全て破壊されたあとの、瓦礫《がれき》の荒野だった。

その出来事は、『戦争』とも『環境破壊』とも呼べなかった。それまで存在した言葉の概念を超えていた。究極まで達した秩序は突如崩壊し、無秩序へと向かった。

次元と時空はトラブルを起こし暴走した。エネルギーは、地上の全ての命を消失させ、勝者と呼べる者は誰一人残らなかった。止《とど》まる所を知らなかった文明は初めて休止した。

残骸《ざんがい》だけの、無言の世界。

そんな無言の世界に、たった一人、何かの偶然で生き残ってしまった博士がいた。

――これが、私が信じた文明のゴール――

博士は、初め、ただ呆然《ぼうぜん》と、失われた世界を見渡すことしかできなかった。

それから少し時がたつと、自分と同じように、この世界に残された者がどこかにいるのではないかと、何日も何日も、荒野を彷徨《さまよ》い続けた。

しかし歩けば歩くほど、それがあり得ない望みであるということを確信せざるを得なくなった。

文明は、容赦なく、生命を奪っていた。

この世界に別の命が残っているなんて、あり得ない。

それはまるで、無邪気な夢物語のように思えた。

——夢物語——

博士が子供の頃、思い描いた未来の都市は、重力を無視したような高層ビルが立ち並び、全てがオートメーション化されたＳＦのような世界だった。

そんな未来は子供じみた夢物語であると、どこかでそう思っていた。しかしそれは、またたく間に現実となった。そしてアッという間に行き着くところまで行き着いて夢ははじけた。

そして今は、この世界のどこかに、まだ別の生命が残っているのではないかと想像することが、あの頃空想した未来と似たような、子供じみた夢物語に思えるのだった。

博士は、当然何度も死を考えた。

しかし、この世界では、死すら、虚《むな》しく思えた。

自分以外に生命の無い世界に、たった一人存在するということ。それはその人間にとって既に死の状態である、と、博士は悟った。これ以上の死があるだろうか。

それに……。

博士は特に神を信じなかったが、自分がこの人類の最後の生き残りである可能性を考えると、自ら命を絶つということが、この世界の意思に反するような気がして、出来なかった。

だからといって、遅かれ早かれ自分にも死はおとずれる。そうなればそこで、地球の生命の歴史は終結する。自分が生き続けることは、それまでの時間をほんの少しだけ引き延ばす程度の意味しかないということもわかっていた。

それでも……。

不思議と博士は、死ぬ気にはなれなかった。

未来へ、継続させられるものは、今の自分には何一つとしてないのに。

そこにあるのは、途方もない数の瓦礫と、虚しいまでの量の保存食だった。

……保存食。

人類は、何と大量に保存食を生産していたことか。こうなってみて初めて博士は、かつての日常で自分達が口にしていた物の全てが、保存食であったということに気がついた。

人類は消滅し、保存食だけが無限に残った。

それは博士一人がこの先、何百年生きたとしても、とても食べ尽くせる量ではなかった。

博士は、世界がこうなる前は、天才科学者として数々の発明をした。

人間の生命を守る為《ため》、生活を守る為に行ったはずのそれらの発明が、あろうことか、人類を滅ぼすことの一翼を担《にな》ってしまった。

博士の知識と技術は、世界がこうなった今となっては、何の意味も持たないものだった。

博士の暇つぶし以外には……。


やがて、博士は、世界に残されたたくさんのガラクタから一体のロボットを作った。

それは、博士が今まで行ってきた発明からしたら、ほんのオモチャのようなレベルのロボットだった。博士の言葉を理解し、言葉の組み合わせと声のトーンから感情を識別し、あらかじめプログラミングされ記憶された言葉を組み合わせ、一番その場の状況に見合った答えをするという、単純なものだった。

それでも博士の孤独をうめるには充分役に立った。

博士が笑えば、ロボットも笑い、博士が悲しめば、ロボットも悲しんだ。

博士とロボットは毎日話して過ごした。

「おはよう」

「オハヨウ」

「今日は、良い天気だぞ」

「ヤッタネ！」

無言の世界に、言葉が戻ってきた。

博士の暮らす、死の世界は、少しだけ、生の世界に近づいたような気がした。

それは仮想の生命世界だった。

そうして、長い時間、博士とロボットは、二人きりで過ごした。

いつしか、博士とロボットは親友になった。


長い年月がたち、博士はやがて年老いた。

歳《とし》とともに、だんだんと声がかすれ、ある朝、目ざめると声を失っていた。

崩壊後の地球の大気に含まれる有害物質は、少しずつ人間の声帯に影響を及ぼし、最終的にはその声を、完全に奪ってしまう作用があったようだ。

博士の作ったロボットは、博士の声を認識して反応するプログラムになっていた。

博士はロボットに話しかけることが出来なくなった。

「ハカセ？　ハカセ？　ネテイルノカナ？」

ロボットは博士を探しているようだった。

「ハカセ？　キョウハ、イイテンキ？　ハカセハ、ゲンキカナ？」

博士は声を失った自分を責めた。音声のみを認識するようにプログラムされたロボットは、たとえ博士が触ったとしても、そこに博士の存在を確認することは出来なかった。

もう一度ロボットを改造して、手で触れただけでも自分の存在を認識できるロボットにしたかった。

しかし博士にはもうその体力は残っていなかった。

「ハカセ、オハヨウ……イナイノカナ？」

ロボットは朝になると、必ずそう呼びかけた。しかし博士からの返事がないので、あとはずっと黙っていた。

博士は何度もロボットに触れてみた。

しかしロボットをプログラムしたのは博士自身で、触れることでは自分を認識出来ないということを一番わかっているのも博士自身だった。

ロボットは絶対に暴走できない。博士はそれを知っていた。

博士はロボットを作ったことを後悔した。

自分は、このロボットを悲しませる為だけに作ってしまったのではないか。いや、ロボットに感情はない。自分が何も答えなくてもロボットはその状況を認識するだけで決して悲しむことはない。博士はわかっていたが、それでもやはり辛《つら》かった。改めて、人間とは機械と違い複雑でやっかいなものだと自分を笑いたい気持ちになった。

「ハカセ？」

と呼ばれる度に、胸が苦しくなるのだった。

博士が苦しんでいるその頃、ロボットの内部では、ある膨大な計算が繰り返されていた。

それは、博士が今まで自分に対して発した、全ての言葉の組み合わせと、その言葉の意味の中から推測して、沈黙している博士の、現在の感情を割り出そうとする計算だった。

ロボットは感情をデータとして認識するロボットだった。

ロボットの中に蓄積された、何年にもわたる、博士の声と言葉のデータ。

その全てのデータを元に、ロボットは、計算をしていた。

時間帯による博士の声のトーンの変化。体調による、言葉のニュアンスの変化。時間の経過による声質の変化。

それらのデータから推測される、博士の現在の、長きにわたる沈黙の意味。分析は続いた。

カタカタ……カタカタ……。

ロボットの内部で、計算を続ける機械の音だけが世界に響いていた。

カタカタ……カタカタ……。

世界は再び、無言になった。

そして、とうとうロボットは、博士の現在の感情の状態を導き出した。

その状態は、もしも、その推測が当たっているのならば、ロボットにとって一番不合理な状態だった。博士の感情は、悲しみの状態だった。


やがて、ロボットの内部では、今博士に言うべき言葉が導き出された。

しかしその言葉を発することは、もともとプログラムされた中には無い行為だった。その行為は博士のプログラムにそむく行為であり、ロボットであるという大原則を根底から覆《くつがえ》す行為であった。

ロボットは、博士の問いかけに答える。それだけをすれば良いように製造されていた。

もともと人間の望んだ行為以外のことを、自分から発して行うことは、機械にとって〝暴走〟であり、大きな法則を破ることだった。

ロボットに想像力や感情はない。あるのは分析能力と計算だけだ。

想像力、分析能力。

二つの違いをロボットは認識できなかった。

製造されてから初めて、ロボットは結論を出せない状態に陥った。

たった今、内部に導き出された『伝えたい』という結論をどう処理していいのか答えが出せなくなったのだ。

しばらく無言のまま時は流れた。

そして法則は破られた。

ある日、横たわる博士の横で、ロボットは言葉を発した。

「ハカセ……ヨカッタ……」

博士は驚いてロボットを見た。

「ソコニイテクレテ、ヨカッタ」

博士は、ロボットを強く抱きしめた。それがたとえ意味のない行為だとしても構わなかった。

「ハカセ……カナシマナイデ」

博士は何度も何度も大きくうなずいた。涙がいつまでも止まらなかった。

博士はその機械に『ヒト』と名付けた。

根拠無き確信

これは、ただひたすら宇宙を旅することにその生涯を捧《ささ》げたある宇宙飛行士の航海日誌である。彼はその人生を通じて、様々な星々を巡り、様々な人々と出会った。

ここに紹介するのは、彼の経験を綴《つづ》った膨大な日誌の、最後の数ページの記述である。

○

そろそろ私の長い旅も終わりに近づいている。航海の最後の地に私が選んだのは、緑色に光る美しい星だった。

その惑星が宇宙船の窓から見えてきた時、即座に思ったのは、地球に似ている、ということだった。

それが私がこの星に降り立とうと思った50%の理由だった。ずっと以前から、出来れば人生の最後は故郷、地球に帰って終わりたいと願っていたが、どうやらそれは叶《かな》わない願いのように思えてきた。私は老いていた。宇宙を旅するには体力がいる。今からまたこの船で、長い航海をして地球にたどり着けるほど、自分が若くないということはわかりきっていた。ならばせめて、故郷によく似たこの星で来《きた》るべき時を迎えようと思ったのだ。

　残り50%の理由は単純だ。私の宇宙船の寿命である。そこが地球に似ていようがいまいが、私の船はもうこれ以上先には進めそうになかった。

　愛すべきポンコツ、よく動いてくれた。遥《はる》か昔、地球を離脱してからもうどれぐらいになるのだろう？　幾たびも光の速度の運行を繰り返し、時空を渡ってきた私達には年月を計る意識が欠如していた。ふと衰えを意識した時、突然時間の重なりが質量となり、私達の体に重くのしかかってきたようだった。いつの間にか私の腕は細くなり、ひげは白く、顔にはシワが幾つもあることに気づいた。私が老いたということは、私の船も老いたということだ。私は長い時間苦楽をともにした相棒をそろそろ休ませてやりたいと思ったのだ。もちろん私自身も休みたかった。残りの人生を船と二人で、この地球によく似た惑星で静かにすごそうという気持ちになったのだ。

　私と船は、名も知らぬ緑の星にゆっくりと下降していった。

　その星の特徴は成層圏を抜けた時にすぐにわかった。そこでは鳥が高度な文明を築いていた。ゆっくりと高度を下げていく船の窓から、鳥に似た人々が翼を広げ空を飛んでいるのが見えた。鳥の若者や、鳥の子供達が、白や青や赤の羽を、羽ばたかせたりそのまま静止し風を受けたりして様々に滑空《かっくう》していた。遠くに文明の発展を象徴する高い建物が幾つも見えたが、大気は澄んでいて大地には植物が繁栄していた。

その星は、異星の客には馴《な》れているようで、突然の侵入者である私と私の船のことを排除することもなく、それどころか何人かは私の船に向かってまるで私達が鳥の仲間であるかのように、手を振り、こちらに微笑《ほほえ》んでくれた。私達は、物珍しそうに近寄ってきた子供達の鳥に伴走飛行されながら、一番近くの丘の上に着陸した。

私はその丘で相棒の船を小さな住みかとして暮らし始めた。人工食糧は船に積んである分で充分だったし、何より私は年老いていた。もう先もそれ程長くはなかろう。これから何かを成し遂げ名を馳《は》せようという無謀な若者でもなく、欲を抑えきれない脂《あぶら》ぎった時代もとうに過ぎた、ただのくたびれた爺《じい》さんだ。生物学的進化の過程は違っても鳥に似た人々にも私が無害なことは察せられたようだ。彼らは私と船がそこにいることを認めてくれていた。

当然私自身、侵略者でも、そこに新たな価値観を持ち込もうという開拓者でもなかったので、なるべくその星の秩序を乱さないように彼らに感謝しつつ、丘の上の小さなスペースで観察者のように彼らの世界を眺めて過ごしていた。私はまるでバードウォッチャーだった。

この星は私が今まで訪れた様々な星の、そのどれとも少しずつ違っていた。敢《あ》えて似ている星を指摘するとすれば、それはやはり地球ということになる。地球の、しかし私が若き日を過ごした頃の状況でもない、もっと過去に、そこにあったとされる世界だ。歴史で学んだ世界、遠い記憶の断片として連想されるような地球の姿がそこにあった。

私が若い頃飛び出した時の地球は、過去に幾度も絶滅の危機を克服し、進化し、確かに文明は発展していたが、もっと切羽詰まっていた。もっとギリギリで、何かを競い合うように、他者を恐れるように繁栄していた。高度に進化した文明を持つ星というのはどこも似たように殺気だった気配があるものだったが、この星では不思議とそういうものが感じられなかった。悠然と構えていて時間の流れが大河のように感じられた。その余裕の先には得体の知れない、私達の頭脳などではとても及びもつかないスケールの叡智《えいち》が隠し持たれているようで、私は時々恐ろしさすら感じるほどだった。

私は丘の上で、特に何をするでもなく過ごしていた。時々、顔見知りになった子供達に昔話を聞かせてやることもあった。子供達は自分達が見たこともない異星の話を聞くのが好きで目を輝かせてくれた。その光は星のようだった。

その鳥の老人と出会ったのも丘の上だった。

老人は毎日夕暮れどきになるとトボトボと歩いてここへやって来て、一番見晴らしの良い場所に座り、私と同じように目を細め空に舞う若い鳥達をただ見つめているのだった。

オレンジ色の光が鳥達を照らす。遠くを飛ぶ人々は黒いシルエットとなり、近くを飛ぶ人々はその羽を赤く染め、それぞれが向かうべき場所に向かって、自由に飛びまわっていた。鳥のような人々の姿は、実にはつらつと、生き生きとしていて、丘の上から見える夕暮れの光景は年老いた私にはとても眩《まぶ》しかった。私も、自分の船でもう一度あんな風に飛べたらと思うのだった。

私はそんな時いつも、この星の文明が持つ余裕のようなものは、もしかしたら彼らが生まれ持ったあの身体能力から育《はぐく》まれたものではないだろうか、と思うのだった。

飛ぶという能力。我々が死にもの狂いで獲得しなければならなかった移動手段とスピード、それに要するエネルギーの何と途方もなかったことか。また空から見るという視線を彼ら一人一人が持っていることも、この星の緩やかで優しげな発展の仕方に貢献しているのではないかと感じた。私は憧《あこが》れと寂しさと少しの恐怖と健やかさが入り交じった感情で鳥の人々を見つめていた。

そして、そこにいる老人が、自らも翼を持ちながらなぜか私と同じような目をして座っていることを不思議に思った。

　老人の翼は、とても心細く痩《や》せ細り、所々羽根は抜け落ちていた。私は老人が飛んでいる姿を今まで一度も見たことがないことに気がついていた。彼はそのまま私自身の姿でもあった。

　きっとこの人も、私と同じように、もう飛べないのだ、と思った。老いというものはたとえ鳥として生まれたとしても情け容赦なく悪魔のようにその生物の肉体を襲い、平等にその才能を奪うのだと私は実感した。

　私が鳥の老人に話しかけたのは、彼と目を合わし軽く黙礼するような間柄になってから少したった頃だった。私は長く空を見つめている老人の傍らに同じように腰を下ろし、同じようにしばらく鳥達が飛行するのを眺めてから独り言のように呟《つぶや》いてみた。

「この星の空は、私の故郷の星ととても似ていますよ」

　赤いと一言では表現できない。その中にオレンジや黄色や青や紫がところどころ混じっている。雲は白から様々にいかようにも染まりながら、気を許すとさっきまでとは全く違う形に変化する。遥か向こうには薄く青暗い山の稜線《りょうせん》がうっすらと見えていて、その先にこの星の太陽が圧倒的な光を放ちながら沈もうとしている。手前に見えているのはおそらく、我々の星で言うところのビル群の影だ。それは都市なのだろう。しかしそれぞれの塔の形はどこか蟻塚《ありづか》のようで、近代というイメージとは少し違って懐《なつ》かしく見えた。

私と老人の目の前には、家路に向かうのか、それともこれからまた別の目的の場所へ向かおうとするのか、人々がそれぞれ違った速度で飛んでいる。

それは私にとって不思議と懐かしい空だった。

「そうですか」

低いかすれたような声だった。

「遠くにはここと似た星があるんですか。あなたはそこから来たんですね」

老人は少し微笑んでいるように見えた。

「ええ、ずいぶん昔に旅立ったのでもうすっかり忘れてしまっていましたが、ここにいると、思い出します」

「そうですか……ここに似た星」

そう言うと老人はしばらく黙って私の星を想像しているようだった。そして、

「帰りたいですか?」

と私に聞いた。私は少し考えた。老人が私を見てから、私の視線の先を見た。そこにはくたびれた宇宙船が置いてあった。今は我が住みかとなった、私の終生の相棒だ。白かったボディはところどころ錆《さ》びついて赤茶け、下の方からツタが絡《から》まっていた。

「時間……時間というものは残酷なものですね」

老人は呟くように言った。その顔は夕日で赤く染まっている。

「この世界を創《つく》った誰かは、なぜ私達に一度は翼を与えておきながら、最後にはそれを奪うのでしょう」

私は何も答えられなかった。

その日から私と鳥の老人は毎日、日が沈みかける頃になるとそこで会い、お互いの身の上話のようなものをポツリポツリと語り合うようになった。時には何も話さないまま終わる日もあれば、時には長い時間どちらかが思い出話を語り、どちらかがジッと聞き入って過ごす日もあった。


ある時、向こうに見える崖《がけ》の上に小さな子供達の集団が歩いて行くのが見えた。その先頭には、後ろの子供達よりも背の高い、青年のような人物が引率するようにして進んでいた。崖の先端まで来ると彼らは立ち止まった。

ふと隣を見ると老人が眩しそうに微笑んでその光景を眺めているのに気がついた。

「何ですかあれは？」

と私が聞くと老人は懐かしそうに言った。

「今日、これから生まれて初めて飛ぶ子供達ですよ」

「ほ〜う」

確かに言われてみると子供達の翼はまだ小さく、とても飛ぶには頼りないように見えた。

「あんな翼で飛べるもんですか?」

「まあ、見ていてください」

老人はいたずらっ子のような目で呟いた。

崖の先端では青年が子供達に何かを言い聞かせているようだった。時々自分の翼を大きく開いて動かしながら、身振り手振りで話していた。飛ぶための心得のようなものを教えているのだろうか。子供達は、青年の話を真剣な眼差《まなざ》しで聞く者もいれば、全く聞かずそっぽを向いている者、他の子供とじゃれ合っている者、自分の翼を確かめている者、ぼんやりと空を見上げている者など、様々だった。

徐々に日が沈み始め、空は青から黄金色に変わりつつあった。老人は黙ってジッと崖の子供達の様子を見ていた。何かを思い出しているような表情にも見えた。

ようやく青年の話は終わったようで、子供達は全員、崖の先端から離れ、充分な距離を取った場所でひとかたまりとなって止まった。

最初の子供が真剣な目で崖の先を見つめると、まっしぐらに走り始めた。まさに全力疾走で崖の先にどんどん近づいていく。走る子供の背中から時々風を受けて白い小さな羽がひらりと開いたかと思うと、すぐに折れて戻ったりしていた。なんとも心細くなるような様子で、私はハラハラしながら気がつくと息を殺していた。子供はアッという間に崖の最先端まで到達すると、土を蹴《け》るようにして空へジャンプした。しかし直後すぐに羽は開かず、一気に真っ逆さまに落下していった。

「あっ！」

私は思わず声をあげた。

少しすると、下から小さな羽を必死にばたつかせた子供が浮上してきた。時々気流のようなものにさらわれるのか、ガタンと下に落ちながら、その度に羽を不器用にバタバタさせて、少しずつ上へ上へと昇っていく。それはまさにヨチヨチ歩きのようにも見えたが、確実に飛んでいてやはり立派な鳥だった。

最初の子供が安定し風に乗り、翼を平行に開いたまま滑るように飛行しだすと残った子供達も真似《まね》るように走り出した。次から次へと子供達が助走をつけ、思いきり、何の躊躇《ちゅうちょ》もせず崖から空へ飛び立っていく。何と勇気のある行動だろう。その光景は見ていて爽快《そうかい》だった。

気がつくと老人の目は濡《ぬ》れて光っているようだった。

「あの子供達は、今日のことを一生忘れられませんよ」

と老人は呟いた。

「あなたも、初めて飛んだ日のことを憶《おぼ》えてますか？」

「そりゃあ、もちろん」

老人は笑顔で言った。

「忘れられる者などいませんよ」

私はさっきから感じていた疑問を老人に聞いた。

「初めてなのに、なぜ飛べるのですか？」

「え？」

「こうして見ているとあの子供達は何の恐れも迷いもなく飛んでいるように見えます。あなたはどうでした？　初めて飛んだ時、飛べないかもしれないという恐怖はなかったですか？」

「ああ」

老人は深い溜《た》め息のように答えた。

「なかったですね、飛べないことなど考えもしなかった」

「なぜですか？　だってそれまで飛んだことなどなかったのでしょう？　落ちるかもしれないとは思わなかったのですか？」

「思わなかったですね。自分には翼があるんですから、この翼があって、落ちることなどあり得ないと思っていた」

「しかし……だからといって飛べるという根拠は何もない」

老人は笑った。

「確かにそうですね。あなたの言うとおりだ、飛べるという根拠は何もなかった。なぜでしょうね、それでも私は確信を持っていた」

そして、しばらく考え込んでから独り言のように言った。

「いつ頃からなんですかね、私が何かをするのに確かな根拠が必要になったのは……」

「……」

当然私はその質問に答えられるわけもなく黙ったままでいた。

「あなたは、どうでした？」

「え？」

老人は、私の船を見つめていた。

「あなたがあれに乗って初めて航海に出た時、恐怖を感じましたか？」

「そりゃあ、もちろん……」

と言いかけて言葉につまった。

「それでもあなたは航海に出た。あなたには自分が他の星へ行けるという、何か根拠はあったのですか？」

「根拠？」

私が聞き返すと老人が笑った。

「そうです。先にあなたが聞いたんですよ」

根拠。

私が初めてあの船に乗って地球を飛び立ったあの日、果たして確かな根拠など持っていたのだろうか。どこかにたどり着けるという根拠など。

「無かったですね」

考えてみれば私のこの旅は、途方もなく無謀な行為だった。しかし、あの日私は意気揚々とピカピカの船に乗り込んだのだ。

「飛べる根拠など何も無かった。何のあても無かった」

それでも私は遥か彼方《かなた》を目指して地球を旅立ったのだ。恐れも確かに感じていた。しかしそれを上回る期待には勝てなかった。

「私はあの日、根拠のない確信に満ちていましたよ。きっとどこかへ行けるだろうという何の根拠もない確信に」

私も老人もいつの間にか笑っていた。

「そうでしたか」

と、老人は立ち上がり歩き出した。気がつくと太陽はあと少しでほとんど沈んでしまいそうになっていた。私はまだ話し足りなくて、

「もうお帰りですか？」

と声をかけた。

「……そこで見ていてください」

言うと老人は少しずつ走り出した。

「……」

私は立ち上がり、緊張して見つめた。

老人は徐々に加速し、やがて全力疾走になった。私は両方の拳《こぶし》をギュッと握りしめていた。

老人は崖の端まで行くと躊躇せず土を蹴ってジャンプし、翼を広げ、大空に舞い上がった。

老人は私の目の前で高く高く上昇した。その姿はアッという間に遠くまで行き黒い点になった。その後急降下してくると丘の下、地面すれすれまで下がりギリギリで反転し、再び舞い上がった。

私は呆気《あつけ》にとられて見ていた。

鳥の老人は自由自在に空を旋回し、風に乗り、羽ばたいて長い間飛んでいた。やがてゆっ

くりと下降して、丘の上に立つ私の目の前に降り立った。

老人は驚いている私を見て笑っていた。

「あなたと話していて気がついたんですよ」

「どういうことですか」

「この世界を創った誰かは、決して私達から翼を奪ったりしないんじゃないかって……」

確かに老人の背中には、痩せ細って所々羽根は抜け落ちているが、確固たる翼が生えていた。

「飛べないと決めたのは私の勝手な思い込みなんじゃないかって、私は翼を奪われたと自分で思い込んでいるだけなんじゃないかって、そこには何の根拠も無い。飛ぶことに根拠が無かったなら、飛べないことにも根拠は無い」

「そうですが……」

私はまだ混乱していた。

「私は飛べなくなったのではない。飛び方を忘れていただけだ。あの子供達を見ていてそれを思い出した。どうして忘れてしまったのかはわからないが、あの頃私は肉体で飛んでいたのではなかった。思考で飛んでいたんです」

すでに日は沈み、空には星が光っていた。

「あの星を見てください」

老人が指さしたのは中でもひときわ強い光を放つ星だった。

「あの星は今存在しているのかどうかすらわからない。しかしあの光はどうです。私達にはちゃんと見えている。ここまでちゃんと届いている。光は確実に存在している。そしてこれからも永遠に先へ進んでいくでしょう」

星は強い光を放ち続けていた。

「あなたと、あなたの宇宙船もそうです」

老人は私の船を見つめた。

「あなたは遥かな時間を経てこの星に着き、今ここにいる。あなたが今ここにいることが、私が飛べる根拠になった。時間がどこかで分断されているのでないとすれば、私がこれからだって飛べないはずないではないですか。その確信が、私の翼になったんです」


あの日、鳥の老人は私にそう言ったのだ。

老人の名はピピ。

私は今、ピピに伝えたい。

私も飛べたと。

○

こう結ばれた日誌は、今、地球にある。

文庫版あとがき

どの国でも苦しい歴史がある。日本も何度か、もう立ち直れないんじゃないかってぐらい、ヒドイ目にあってきた。

私の『マボロシの鳥』を藤城清治《ふじしろせいじ》先生が影絵の本にしてくださった際の出版会見は、東日本大震災後すぐのタイミングだった。

〝放射能〟〝炉心溶融《ろしんようゆう》〟〝計画停電〟といった言葉がちまたに飛び交い、自粛ムードのただ中だった。各地でイベントが中止になり、〝不謹慎〟という言葉が氾濫《はんらん》していた。

絵本の出版と同時に藤城先生は『マボロシの鳥』の原画を含めた個展の開催も予定していた。会見では当然、記者達の質問は震災に触れるものが多くなる。

「被災地の人々にメッセージを」

「もし電気が使えなくなったら先生はどうしますか？」

ちなみに藤城さんの作品は色とりどりのセロファンを剃刀《かみそり》で切り、繫《つな》ぎ合わせて創《つく》る。展示する時は裏側からライトを当て浮かび上がらせる光の芸術だ。

藤城さんは既に食傷気味で不機嫌そうだった。どこへ行っても震災の質問をされるらしい。

私はムッとする藤城さんの表情が可笑《おか》しかった。

電気がなかったらどうするのか？　の問いに対し、記者の期待を裏切るように言い捨てる。

「別に電気なんかなくたってどってことないですよ。いくらでも楽しいものはつくれる。僕が影絵を始めた時は、その辺に落ちてる木ぎれと蠟燭《ろうそく》でやってたんだから。材料なんて何だっていいんだ」

世界一の画家、藤城清治が影絵を始めたきっかけは終戦後焼け野原になり全てを失った東京で、何か子供達を楽しませることは出来ないだろうか？　と思い立ち、瓦礫《がれき》の中から木や布を拾い人形をこさえ、蠟燭の火を灯《とも》して影を映したことだったという。

「どんな時だって楽しいことは出来る。こんなことぐらいなんでもないですよ」

不機嫌な顔の先生と、呆気《あっけ》にとられる記者達の顔が可笑しかった。

記者達はおそらく、今回の災害を〝こんなこと〟と表現してもいいものかどうか、迷っているんだろう。

「だめだよ、このジイさんに聞いたって、期待した答えは返ってこないよ。こんな地震大したことないって思ってるんだから、かなわないよ」

私は大笑いして言った。

ネットには〝もうこの国に住める場所はない〟〝国に騙《だま》された〟〝日本は終わり〟などとい

う言葉達が溢《あふ》れ、目に見えない放射能を数値化し、基準値の何倍と書き立てていた。

今も〝その場所にい続けている人々の心〟を、〝言葉〟がどう攻撃し、傷つけるのかもわからないのに。目に見えない放射能にはこれほど敏感なのに、目に見えない言葉の攻撃性にはどうしてこれほど鈍感なのだろう、と私は感じていた。

藤城清治の作品には自然の風景と共に、ニョキニョキとビルが立ち並ぶ都会の絵もたくさんある。ビルのテッペンに観覧車が回っていたりする。以前聞いたことがある。

「先生は自然も好きだけど、文明も好きですね」

「都会の景色は好きですね。ビルの一つ一つの窓の明かりを見てると楽しいでしょ？　それぞれの光の中に人間が住んでて生活があるんだと想像するととても楽しい」

藤城さんは、『マボロシの鳥』の作品展を終えるとすぐに被災地に飛び、津波で全てが失なわれた風景をスケッチした。その後何度も何度も足を運び、多くの影絵を完成させている。被災地の風景を描いた作品はどれも息を飲むほど美しい。

藤城さんは現在93歳。今も全国を回って絵を描き続けている。

『マボロシの鳥』を書く少し前、テレビの生放送で、ある政治家と口論になった。学校のいじめ、自殺についての話だった。

政治家は「死にたいやつは死ねばいい。今の子供はひ弱だ。夏は冷房、冬は暖房。暑さも、冬の厳しさも知らずぬくぬくと生きているからいじめぐらいで自殺する。私が子供の頃は体罰など当たり前だった。戦場では上官からのビンタは日常だった」と言った。

私は父より四つ年下のその人に反論した。

「時代が違います」と。「毎日殺人が繰り返される戦場でビンタされる痛みと、平和で誰もが幸福に暮らしている日常の中で、友人であるはずの人々に無視され続けることの痛みと、どちらが痛いかなんてわからない」

「ビンタの方が痛いよ」

議題は次にうつり、私の中には言おうとした言葉が残った。

夏は冷房、冬は暖房。過ごしやすい生活。今の社会を築いたのは、あなた達じゃないか。なぜ自分のやったことを否定するのか？

物のない時代に育ち、飢えを経験し、満足な医療も環境もなく、凍え死ぬ子供や、不潔でばい菌に感染する人々を見てきたからこそ、自分達の子供にはこんな思いはさせたくない。幸福な社会をつくりたいと願い、必死で実現したのではないのか？

あなた達のつくった文明を私は尊敬し、感謝しているのに、なぜ自分で否定するのか？

その人より四つ上の私の父は建築家だった。ぎりぎり徴兵されなかった年齢で、「戦争から逃げ回っていた」とよく言っていた。「俺はとにかく軍人が嫌いだった」が口癖だった。戦争には行かなかったが、学校では軍事教練があり、指導する軍人が威張っていて嫌だったという。

「何かというとビンタする。友達で一人、緊張すると顔が引きつって笑ったような表情に見える奴がいてな、『貴様！　何を笑っとるか！』って往復ビンタするんだよ。そうするとますます笑ったような顔になる。『まだ笑うか！』とまたビンタ。俺達は笑ってるんじゃないってわかってるから、言ってやりたいんだけど、誰も怖くて言えなかった。何度もビンタされるから鼻血が出て、倒れるまでやられた。今でもそいつに悪いことしたって思うよ」

幼かった私に父はそんな話をした。父はビンタが痛いことを知っていた。だから自分の子供にそんな思いは絶対させないと誓っていたと思う。

父が遺《のこ》した『自録』と題した冊子がある。自分の半生を簡単に書き記したものだ。その中にやはり軍事教練の話が出てくる。銃の組み立てを訓練したとある。ある時、なぜかわからないが、銃を家に持ち帰り分解して組み立てる練習をさせられたらしい。分解したはいいが、どうしても組み立てられなかった時があったそうだ。どうやら部品を紛失したらしい。父は焦《あせ》って土間を探すがどこにも見つからない。だんだん涙が流れてきた。「殺される」と思ったと言う。銃は天皇陛下から預かった大切な神器。その部品を無くしたとなれば死んで償うしかない、と思ったという。泣いているとそこに父親、私にとっては祖父が現れたらしい。父は二人目の妻の子供で、親子というより、祖父と孫ぐらい歳が離れていてほとんど会話をしたことがなかった。その父親から「何を泣いているんだ？」と聞かれ事情を話すと顔色を変え、一緒に日が暮れるまで必死になって部品を探してくれたそうだ。結局見つからないまま、祖父は私の父を連れ、学校へ行き、校長と軍人の前で土下座し、地面に顔をこすりつけ一緒に謝ってくれ、許されたそうだ。

『自録』の中で父はこう書いている。

「あの時の恩は忘れられない。私は今でも父と天皇陛下に謝りたいと思っている」

私が父から教わった愛国心だ。

こういった幾つかの出来事が、『文明の子』を書く動機になった。

稚拙な文章ではあるが、書いたことに悔いはない。

こうして文庫化され、読み継がれることはとても嬉《うれ》しい。

感謝。

二〇一七年八月　爆笑問題・太田光

この作品は二〇一七年十月新潮文庫に所収されたものです。

文明《ぶんめい》の子《こ》

太《おお》田《た》光《ひかり》

令和5年5月15日　初版発行

発行人——石原正康
編集人——高部真人
発行所——株式会社幻冬舎
〒151-0051東京都渋谷区千駄ヶ谷4-9-7
電話　03(5411)6222(営業)
　　　03(5411)6211(編集)
公式HP　https://www.gentosha.co.jp/
印刷・製本—中央精版印刷株式会社
装丁者——高橋雅之

検印廃止

幻冬舎文庫

ISBN978-4-344-43291-8　C0193　は-7-18